Alfred Kerr
Mein Berlin

Alfred Kerr

Mein Berlin

Schauplätze einer Metropole

Mit einem Geleitwort
von Günther Rühle

Aufbau-Verlag

Inhalt

Zum Geleit

Die im Jahr 1995 in Breslau wiederentdeckten »Berliner Briefe« von Alfred Kerr wurden bei ihrer Veröffentlichung im Herbst 1997 sogleich zum literarischen Ereignis. Sie gaben endlich Auskunft über den jungen, ehrgeizigen Mann, der in knapp einem Jahrzehnt zu einer maßgebenden Figur im Berliner Journalismus und schließlich zum führenden und prägenden Kritiker des Theaters wurde, der im Kaiserreich wie in der Republik das Wort führte. Mehr noch: Diese Briefe aus Berlin gaben ein überraschend lebendiges Panorama vom Leben und der Entwicklung Berlins zwischen 1895 und 1900. Sie setzten die Leser in Erstaunen durch die Beobachtungsgabe und Einsichtskraft, die Überlegenheit und den Witz ihres kritischen Schreibers. Das heutige Berlin konnte sich hier im damaligen spiegeln, das auch auf der Suche nach einer anderen Zukunft war. Die preußische Königsstadt wurde zur Kaiserstadt, die junge Reichshauptstadt begab sich auf den Weg zur Weltstadt. Die hundert Jahre, die inzwischen vergingen, erschienen vielen Lesern wie ein Tag.

Die Lebendigkeit und Präzision der Kerrschen Schilderungen weckten durch ihre Frische und Unmittelbarkeit schon bald den Wunsch, den Texten authentische Fotos von den Schauplätzen jener Zeit beizugeben, um der erweckten Phantasie zu historischer Kontur zu verhelfen. Dies geschieht in diesem Band. Er enthält eine Auswahl der Kerrschen Betrachtungen aus seinen »Berliner Briefen«, die nun unter dem Titel »Wo liegt Berlin?« (Aufbau-Verlag 1997) bekannt sind. Er versucht aber etwas anderes zu sein als deren verkürzte Ausgabe. Aus der Begegnung Alfred Kerrs mit seinen eigenen Texten ist bekannt, daß er sie – für eine spätere neue Edition – strengen Veränderungen, vor allem Kürzungen und Umstellungen, unterwarf. In seinem 1928 veröffentlichten Band »Es sei wie es wolle, / Es war doch so schön!«

hat er selbst eine Probe dieses Vorgehens gegeben, indem er Stücke aus seinen alten, vergessenen »Berliner Briefen« herausbrach und etliche von ihnen als selbständige Feuilletons aus seiner frühen Zeit zusammenstellte. Aus diesem Verfahren nehmen wir uns die Legitimation, den weiteren historischen Zusammenhang der Texte, wie er in »Wo liegt Berlin?« jederzeit verfügbar ist, aufzulösen und diese, in Konzentration verkürzt, unter anderen Gesichtspunkten zu bündeln. Wir hoffen, daß dieser »Kleine Kerr«, wie wir den Versuch nennen, die Lebensfelder und Lebensvollzüge in der wachsenden Hauptstadt auf andere Art nacherlebbar macht und daß er dem weiteren Werk Alfred Kerrs neue Freunde gewinnt.

Günther Rühle

Die Welt wird schöner …

Alfred Kerr, 1898
Alfred-Kerr-Archiv / *Stiftung Archiv der Akademie der Künste, Berlin*

Die Welt wird schöner mit jedem Tag. Wenn ich noch einmal anfangen sollte, ich möchte das meiste noch einmal erleben. Auf dem Breslauer Elisabetan wurde man ja gezwiebelt, das ist wahr, und der Versuch, das Selbstbewußtsein totzuknicken, mißlang nur durch einen Zufall – aber auch dort ist so vieles zum Guten gewesen. Dann die schönen zwei Semester mit den schlesischen Vereinsbrüdern; dann die Stadt der Befreiung, Berlin; dort der Anfang des Lebens, dort mit zwanzig Jahren der Anfang geistiger Entwickelung; dort die wundersamen Liebschaften, das selige Umfassen aller Stände sozusagen, dort das Ergreifen des wundersamsten Berufes, den ein Mensch haben kann, und nochmals die Liebe, und ein paar wundersame italienische Reisen, und ein kurzes Zauberdasein im Lande Frankreich, und nochmals die Liebe, und alle Jahre kehrt Frühling und Sommer wieder, alle Jahre erscheint der Monat Juni, man reist nach Potsdam, man reist nach Sanssouci, man steht am Heiligen See und geht in dem Garten spazieren, wo in schwerem Fliederduft das Marmorpalais aus grüner, regenfeuchter, dampfender, abendlicher Erde steigt – man lehnt sich über die steinerne Balustrade, blickt über die feuchte, stille Wasserfläche und atmet den naßwarmen Regenwind und streckt die Arme aus, und daneben steht in einer Abgesandtin die Jugend, über die

Wange weht etwas braunblondes Haar, das sie nicht hinter die Ohren zurückstreicht. Und trägt ein Mousselinkleidchen, meiner Seel'. Und schweigt und lacht, und ist leuchtend und glücklich, und sieht nach rechts und nach links, und lehnt sich wieder über die Balustrade. Und aus dem Haar steigt ein Singen von Schönheit, Schönheit, Schönheit! Das alles bis zum hundertundfünfzehnten Jahre dauernd fortzuerleben, trag' ich kein Bedenken. Die Sterne blühen, die Tage rauschen, die Abende wehen. Man lebt auf, ja gewissermaßen, man atmet wieder. Und in Träumen rauscht's der Hain, und die Nachtigallen schlagen's. Und allen Gegnern verzeiht man, sie sind ja bloß Hornochsen. Und fühlt eine Armee in seiner Faust und weiß, daß man die deutsche Sprache beherrscht, was unendliche Seligkeiten gibt. Weiß, daß man die deutsche Sprache beherrscht, ihr könnt mir gewogen bleiben. Und nochmals die Liebe! Neue Tröstungen in neuer Liebe. Die Welt wird schöner mit jedem Tag.

10. Juni 1900

Ein Herrscher prägt die Stadt

Denn nur Berlin hat einen Kaiser

Die Krönung der Gedächtniskirche

Wir stehen in Berlin zwar nicht am »Vorabend großer Ereignisse«, wie das vom korsischen Buonaparte erfundene Wort heißt, aber doch am Vorabend großer Festlichkeiten. Das mag zuweilen das Gegenteil großer Ereignisse sein. Immerhin handelt es sich diesmal um ein Fest, welches selbst hier, in der Stadt des gewohnheitsmäßigen Ulks, in viel tieferer Weihestimmung begangen wird, als es sonst wohl der Fall wäre. [...]

Diesmal liegt etwas Besonderes vor. Mehrere hunderttausend Menschen rüsten sich ehrlichen Herzens, einen großen Tag festlich zu begehen. Der Jubel ist nicht stürmisch und laut – das ist Temperamentssache; und die Vorbereitungen zu dem Feste gehen in den gigantischen Wogen des gleichmäßig hastenden Alltagsverkehrs fast ganz verloren – das ist in einer Weltstadt unvermeidlich. Immerhin sieht man hie und da kleine Beleuchtungsproben, man sieht Wagen mit Eichenlaub durch die Straßen fahren, ein ungewohnter Anblick für Berlin, das sonst nur zu Pfingsten und Weihnachten so grünbeladene Gefährte kennt, und man sieht auf den Straßen einen kleinen Handel mit gipsernen Lichtuntersätzen entstehen. Das sind die äußeren Symptome für die Feststimmung. Die inneren Symptome lassen sich mehr fühlen als nachweisen. Aber sie sind vorhanden. »Sedan bleibt Sedan.« Und zu der gedankenlosen, gewohnheitsmäßigen Feststimmung sonstiger Sedantage kommt diesmal, auch für Berlin, derjenige tiefere Ernst, der mit einer sich jährenden großen Erinnerung und einem Rückblick verknüpft ist. Worin dieser tiefere Ernst besteht, das läßt sich, wie gesagt, mehr empfinden – aus einem Konglomerat von Einzelerscheinungen, deren keine an sich besonders symptomatisch ist – als beweisen.

Dagegen wahren sich die Panke-Athener ihr Recht auf Spott in allen anderen Dingen, selbst wenn diese eng mit dem Feste verknüpft sind. An dem Tage, wo diese Zeilen erscheinen, wird die Kaiser-Wilhelm-Gedächtnis-

Der Kaiser kommt: Einweihung der Gedächtniskirche in Anwesenheit des Kaiserpaares, 1. September 1895 *Ullstein Bilderdienst*

kirche feierlich eingeweiht. Die Generalität und die Schulkinder sind dazu aufgeboten worden, und es ist programmäßig vorgesehen, daß in »spontanem« Begeisterungsausbruch patriotische Weisen gesungen werden. Das wird gewiß alles glatt und auch ehrlich vonstatten gehen. Aber die Kirche selbst ist nie mit so viel Ernst betrachtet worden, wie es eine Gedächtniskirche verdiente. Die Ursachen lagen zum Teil in der Art ihres finanziellen Zustandekommens, in den agitatorischen Privatexpeditionen des Freiherrn von Mirbach, dieses idealen Stadtreisenden, in der opferreichen Hineinziehung des Geheimen Kommerzienrats Goldberger, der eigentlich nicht streng protestantisch ist, und in verwandten äußerlich scherzhaften Dingen. Die Architekten lachten wieder im stillen – und auch im öffentlichen – über die

Für Feierlichkeit und Spott: Kaiser-Wilhelm-Gedächtniskirche am Auguste-Viktoria-Platz, 1891–1895 nach Entwürfen von Franz Schwechten errichtet, Ansicht von Nordwest (Hardenbergstraße) – Amateuraufnahme, 1896 *Archiv für Kunst und Geschichte*

besondere Art der Krönung dieses Gebäudes, die in einer langen Goldstange mit einem Stern und einem Kreuz besteht und die vor allem den Zweck hat, die Höhe der Kirche um ein stattliches Stück künstlich emporzuschrauben. Daß sie sonst hübsch und nett und in ihren sauber romanischen Formen wie aus Zuckerguß hergestellt aussieht, wird niemand leugnen. Eine andere Frage ist die, ob durch den Bau einer Kirche der Erinnerung an den zur Zeit der Gründung des Deutschen Reichs in Berlin regierenden Fürsten Genüge getan wird. Unstreitig – denn der alte Kaiser Wilhelm war ein von schlichter Frömmigkeit durchdrungener Mann, und der Bau einer Kirche hätte ihm selbst außerordentlich viel Freude bereitet. Wieder eine andere Frage ist dann, ob die Erinnerung des Volkes an eine große Zeit heut durch den Bau einer Kirche am besten zum Ausdruck gebracht und gefördert wird. Die Antwort hierauf könnte am sichersten eine Statistik des Berliner Kirchenbesuchs geben. Fest steht jedenfalls, daß sämtliche Berliner Prediger über mangelhaften Kirchenbesuch jammern, und man vergegenwärtigt sich in Berlin unwillkürlich den literarhistorisch berühmten Ausspruch: »Ein trauriger Anblick – die Sonntagsleere einer Kirche und ein Brunnen, der kein Wasser mehr gibt.« Jedenfalls wird die Kaiser-Wilhelms-Gedächtniskirche am ersten Tage vollständig gefüllt sein. Dafür hat der Kaiser gesorgt, welcher sich von meinem (in jedem Berliner Brief zu zitierenden) Theodor Fontane unter anderem auch darin unterscheidet, daß Fontane eingestandenermaßen »kein Talent zur Feierlichkeit« besitzt, während Wilhelm II. ein ganz ausgesprochenes Talent zur Feierlichkeit besitzt. Die Generalität und die Schulkinder werden den Einweihungsakt der Kirche feierlicher machen helfen, und der Kaiser, der eben erst in Stettin usw. Feierlichkeiten beigewohnt hat, wird sicherlich auch hier zufrieden sein. Im übrigen ist in Preußen in den letzten hundert Jahren entschieden eine Wendung zum Besseren festzustellen. Man wird religiöser und baut mehr Kirchen. Vor hundert Jahren hatte Lamettrie grade seinen ungeschminktesten Atheismus drucken lassen, da lud ihn der damalige König von Preußen ein, ihn zu besuchen! Voltaires Schriften waren grade vom Pariser Parlament verbrannt worden, da verlieh ihm dieser selbe König von Preußen den Verdienstorden! Lamettrie bekam sogar eine Anstellung, die er heute nie bekommen würde. Es waren überhaupt Dinge möglich, die heut nicht mehr passieren würden. Es ist eine Wendung zum Besseren eingetreten.

1. September 1895

Die marmorne Augusta

Noch stehen buntbehängte Riesenpfähle, mit Kränzen umwunden, mit Fahnen besteckt, auf dem Opernplatz, und Hunderte drängen sich, Berlins neuestes Denkmal in der Nähe zu sehen. Ringsum ragen noch die breiten Tribünen in die Luft; Zimmerleute machen sich jetzt an das schlanke Gebälk; die maskierenden Flitterstoffe, die der Regen nicht schonte, sind meist entfernt, und der kahle ruppige Kistencharakter, den jede Tribüne unter der beschönigenden Hülle birgt, tritt an den Tag.

Mitten in dem improvisierten, eingeregneten und halb abgerissenen Zauber steht das neue Standbild. Die alte marmorne Kaiserin sitzt auf einem thronartigen Sessel in eleganter Toilette, ein Diadem auf dem Haupt und über dieses Diadem ein Spitzentuch geworfen; sie ist wohl eben aus dem Opernhaus gekommen, das sich rechts von ihr erhebt. Das Spitzentuch hält sie mit der Hand am Halse zusammen mit einem Gestus, den Lessing vielleicht ein bißchen transitorisch gefunden hätte; wie lange wird sie die Hand

Kaiserin Augusta zwischen Opernhaus und Bibliothek, im Hintergrund die katholische Hedwigskirche und die Dresdner Bank, Festschmuck der Stadt Berlin am 22. März 1897 – Foto: E. von Brauchitsch *Landesarchiv Berlin*

noch so halten können? Die alte Dame war in ihren späten Tagen namenlos gebrechlich, und ihr Äußeres, das doch noch kaiserlich repräsentant sein mußte, trug den Charakter des Komponierten. Etwas Ängstlich-Schmerzliches lag um die versunkenen Augen dieser Greisin. Hier ist sie in den besten Jahren gefaßt. Die Züge sind überlegen und energisch, die Starrheit, die sie im Leben hatten, in eine gelinde Milde hinüberstilisiert. Der Eindruck einer gütigen und dezidierten Frau bleibt zurück. In Haltung und Ausdruck ist eine Synthese von eleganter Nachlässigkeit und altruistischer Hingebung versucht. Auf ihre mitleidig frommen Regungen weisen auch zwei niedliche Seitenreliefs mit Samariterbildern. Eine Stiftungsrolle hält sie in der Hand. So sitzt die königliche Frau in Wind und Wetter, der Dresdner Bank den Rücken kehrend, zwischen Bibliothek und Opernhaus; ringsum Rasen und Strauchwerk. Das Denkmal ist nicht nur von Schaper, sondern, wie ein geeichter Kunstmensch sagte, es ist »natürlich von Schaper«.

27. Oktober 1895

Ein Kaiser wird vergrößert

Die Vorfreude soll ja die größere Freude sein. Danach lebt Berlin schon jetzt in der voll und ganzesten Centenarstimmung. Man verzeihe diesen Superlativ, der durch die Umstände eingeflößt wird.

Bis das Denkmal enthüllt wird, sitzen wie gewöhnlich Leute, die wissenschaftlich zu arbeiten haben, im großen Saal der königlichen Bibliothek. Man arbeitet emsiger als sonst, denn auch dieses Institut wird wegen allgemeinen Jubels auf zwei Tage geschlossen. Fortwährend wird man durch ein Hämmern gestört, das von unten heraufdringt. Man tritt auf den breiten Balkon, sieht drüben das Opernhaus, die marmorne Kaiserin Augusta, die Linden, und unter diesen Linden auf und ab wogend eine Fülle von Männern, Weibern, Kindern. Überall ragen Gerüste, schrecklich anzusehen, und bis hinauf auf den Balkon riecht es nach Girlanden.

Als das Hämmern nicht aufhört, läßt man hoffnungslos den geschichteten Bücherstoß germanistischer Wissenschaft liegen. Draußen bei dem Garderobenmenschen holt man seinen Überzieher und geht die Stunde spazieren; die Linden entlang.

Es ist kaum durchzukommen. Und doch sind die klimatischen Verhältnisse nicht lockend. Kein Kaiserwetter herrscht, sondern es regnet; das ist also wohl republikanisches Wetter. Weich und feucht wandelt der Fuß der vorzeitigen Jubelbolde über das Holzpflaster. Vor der Universität, vor der Wache und im Lustgarten werden schlanke Goldpyramiden errichtet. Sie sehen sehr hübsch aus. Auf jeder von ihnen sind Reliefgestalten angebracht, die leider wegen der Enge der Pyramidenflächen ein bißchen abgemagert sind. Hinter der Wache hat man eine Wand von dunklem Tuch aufgestellt und das Tuch mit Blumen bekränzt, so daß dieser kleine griechische Tempel auf solchem Hintergrund sehr niedlich aussieht. Er macht den koketten Eindruck eines Möpschens, das aus einem Damenmuff herausguckt. An einzelnen Goldpyramiden werden kolossale Gipsgestalten seitwärts eingefügt. Immer ein Teil nach dem anderen, denn im ganzen sind sie zu schwer. Indessen ruht ein riesiger gipserner Kopf, auf Brettern gebettet, auf dem Fahrdamm. Dort zwei Beine und ein Bauch. Dort ein Arm und der Brustkorb einer Idealgestalt. Kinder und Mütter scharen sich um den herrlichen, edlen Kopf. Deutsche Männer und Jünglinge um den Brustkorb.

Alle zwei Minuten fährt eine Hofequipage vorbei, und die Jubelversammlung macht jedesmal schnoddrige Bemerkungen. Entsetzt höre ich sogar zwei Schulknaben mit grinsenden Gesichtern Dinge aussprechen, die mich zu höchster Entrüstung entflammen. Ist dieses berlinische Volk, o meine Freunde, schon in fünfzehnjährigen Exemplaren so zuchtlos in der Rede! Das ist ja, wie gesagt, entsetzlich. »Bengels«, sage ich, »wollt ihr wohl den Mund halten; wenn das nämlich ein anderer hört, denunziert er euch.« Sie aber murmelten etwas, das wie eine Aufforderung klang, und verschwanden im Gedränge.

Wozu es vertuschen: niemals ist eine Stimmung unfestlicher gewesen als jetzt. Nicht bloß dumme Schulknaben, auch reife Männer tun Äußerungen, die besser an »maßgebender« Stelle nicht hinterbracht werden. Und gut patriotische Männer tun sie; nicht etwa die sozialdemokratischen Arbeiter, die – ein Anblick für Götter – die Jubelarbeiten unter den Linden mit augenzwinkerndem Lächeln schweigend verrichten. [...] Es strömen zwar Leute auf den Festplatz, aber aus Schaulust. Sie machen eine Centenarfeier ebensogern mit wie ein fürstliches Begräbnis oder eine Standarteneinweihung oder ein Großfeuer. Wenn hochgestellte Würdenträger sich gleich dem Kalifen Harun al Raschid entschlössen, unter dem Volk zu wandeln, unerkannt und vertraulich, dann würden sie jetzt hören, daß *nichts* vergessen worden ist von allem, was das letzte Jahrzehnt gebracht hat; [...] sosehr man auch überzeugt ist, daß der Kaiser das Beste will.

Drüben am Roten Schloß stehen lungernde Menschen und hören die Ausrufer schreien, welche Plakate an Stangen tragen und mitteilen, daß »noch« Plätze zu fünfzig Mark, Dachgalerie, zu haben sind. Nachher heißt es, daß die Polizei diese Dachgalerie verboten hat. Kornblumenhändler brüllen. Fliegende Buchhändler preisen Biographien Wilhelms des Großen an. Bilderbogen werden verkauft; auch allerhand Reklameartikel zur geschäftlichen Ausnutzung der Centenarstimmung. Im Publikum hagelt es faule Witze. Bei Gerson werden gerade Girlanden aufgehängt, und Regenschauer über Regenschauer fließt über das Gerüst und die Arbeiter. An den Pro-

Das von Reinhold Begas geschaffene Nationaldenkmal für Kaiser Wilhelm I. (1797–1888), »Wilhelm den Großen«, vor seiner Enthüllung am 22. März 1897 anläßlich der Centenarfeier – Aus dem Fotoalbum einer Berliner Unternehmerfamilie

Archiv für Kunst und Geschichte

grammen, die ausgeboten werden, hätte etwa der hochselige Friedrich I., König in Preußen, ein herzliches Wohlgefallen gehabt. Bis zum 28. März ist jeder Tag mit Feierlichkeiten, Einweihungen, Vereinssitzungen, Kommersen, Essereien und verwandten Wichtigkeiten ausgefüllt. Die Hoffeste bilden nur einen kleinen Teil davon; sehr vieles entstammt privater Vereinsmeierei, die sich nicht mit stillem und ernstem Gedenken begnügen darf, sondern den dicksten Patriotismus in alle Winde kreischen muß, aus Angst, daß er bezweifelt werden könnte. Diese Angst ist ja charakteristisch für die deutsche Gegenwart. Jedenfalls wird vom achtzehnten bis zum achtundzwanzigsten, zehn geschlagene Tage, in Berlin stramm gefeiert und nichts als gefeiert. Nochmals muß man des ersten Friedrich freundlich gedenken, der ein so leidenschaftlicher Einweiher gewesen ist; einer der leidenschaftlichsten Einweiher unter den Hohenzollern. Erst jetzt, wo die Ehrenpforten und bekränzten Mastbäume zu den allernötigsten und alltäglichsten Möbelstücken werden, erst jetzt hätte sich dieser Friedrich in seinem Element gefühlt. Er starb um beinah zwei Jahrhunderte zu früh. [...]

Unser Kaiser ist Gott sei Dank grundverschieden von ihm. Er unterzieht sich, man kann es deutlich sehen, den Pflichten der Repräsentation nur gezwungen; denn sie müssen sehr langweilig sein. [...] Der Kaiser hat auch bei der jetzigen Centenarfeier nur getan, was der Enkel tun muß, den Ahnen zu ehren. Durch wessen Schuld diese Feier so geschmacklos überladene Prunkformen im allgemeinen annimmt, läßt sich in der Eile schwer feststellen. Niemand hätte gewiß den hundertsten Geburtstag des lieben, alten Herrschers vorübergehen lassen mögen, ohne dieser sympathischen Gestalt auf die freundlichste und herzlichste Art zu gedenken, zugleich auch der Ereignisse, die für unser Vaterland von so einziger Bedeutung wurden und mit der Regierung Wilhelms des Ersten zusammenhängen. Aber niemand, der ein guter Deutscher ist, hätte solch eine Protzenfeier von zehn geschlagenen Tagen gewünscht. Wie man sich im Reiche dazu stellt, weiß ich nicht; ich habe hier von den Berlinern zu reden. Und die empfinden, von einigen Vereinsleithammeln abgesehen, die allerausgeprägteste Unlust gegen den Massenbumbum, mit dem das Andenken des schlichtesten Königs geehrt werden soll. [...]

Aber die Berliner empfinden, daß diese Feier nicht bloß mit seiner Schlichtheit in Widerspruch steht, sondern auch mit seiner Bedeutung. Er ist tot, und selbt sein Ehrentag darf nicht abhalten, ihn einfach geschichtlich zu betrachten. Wer frei ist von Schweifwedelei, wird wissen, daß die deutsche Einigung weit mehr *unter* Wilhelm dem Ersten erfolgt ist als *durch* Wilhelm den Ersten. Der herrschende Byzantinismus hat hier merkwürdige Früchte hervorgebracht: Die heißen Einheitsbestrebungen des deutschen Volks werden heut wie durch ein stillschweigendes Übereinkommen gering angeschlagen und an die Wand gedrängt; der Mann aber, der schließlich nur aufgehört hat, sich gegen die Einigung zu sträuben, wird bis in die Wolken glorifiziert. Wir wollen unsrem lieben ersten deutschen Kaiser freudigen Herzens geben, was des Kaisers ist; aber wir wollen ihm auch gerechten Herzens nicht mehr geben, als wirklich des Kaisers ist. Aus den Freiheitskriegen ist, außer dem Hauptfaktor Volk, nicht der dritte Friedrich Wilhelm die hervorstehendste Erscheinung und die größte Erinnerung für uns, sondern der Freiherr vom Stein und Blücher, die Männer der wahren Tat. Der alte Kaiser ist zwar unendlich populärer geworden als sein landesherrlicher Vater; aber die größten Gestalten aus dem großen Einigungskriege sind für uns wieder diejenigen, die in Wahrheit gehandelt haben. Neben dem Hauptfaktor, dem deutschen Volk, steht hier unvergänglich die Gestalt Otto Bismarcks. Und an ihn werden wir uns heut erinnern, und um so lauter und eindringlicher, je gemischter und bewegter die Gefühle sein müssen, welche den in Vorzügen und Fehlern immerhin einzigen Mann in seiner Zurückgezogenheit erfüllen müssen. Wir werden, wenn auch nicht den Jubelradau, so doch die Erinnerungsfeier für Wilhelm den Ersten nachdenklich mitmachen, aber wir werden zugleich scharf und unmißverständlich betonen, daß wir keine dynastischen Feste, sondern Feste des deutschen Volkes zu begehen wünschen.

Drüben vom Wasser her winkt das neue Denkmal. Bretterverschläge und Leinwandfetzen verhüllen die Formen des Hauptteils. Nur herrliche Löwen, in grüner Patina schillernd, und steingemeißelte Eckfiguren sind sichtbar. Schwarze Scharen drängen sich am jenseitigen Ufer, um in gemessener Ferne das Nationaldenkmal für das deutsche Volk vorläufig von hinten besichtigen zu dürfen. Wundervoll, wie deutsches Wesen selbst, voll Kraft und Lieblichkeit wirken muskelstarke Athletengestalten neben niedlichen zarten Kinderfiguren. In neugieriger Bewunderung sehen die Bürger und Bürgerinnen hinüber, wo Tribünen aufgeschlagen sind für die Auserwählten und wo in zehn bis zwanzig vergoldeten Symbolen die kaiserliche Krone und wieder die kaiserliche Krone glänzt. Wenn die Bretterverschläge gefallen sein werden und die Leinwandfetzen entfernt, wenn die offiziellen Reden und Fest-

Der neue Schloßplatz, Kaiser Wilhelm I. und das Denkmal ohne symbolische Wahlurne. Rechts Eingangsfassade des Stadtschlosses an der Schloßfreiheit, im Hintergrund Schloßbrücke und Kaiser-Friedrich-Museum – Foto, um 1910 *Archiv für Kunst und Geschichte*

akte vorbei sind, dann wird die Masse der Unfreien herangelassen werden an das Monument, das ein Nationaldenkmal für Monarchen mit zugezogenen Handlangern und weggelassenen Wahlurnen ist.

21. März 1897

Nach dem Fest

Vor dem Opernhaus stehen die Festsäulen. Erst Montag sollen sie beseitigt werden. Denn weil sie doch so schändlich teuer waren, will man sie wenigstens lange behalten. Jedenfalls sehn auch die Linden ein bißchen symbolistisch dadurch aus. Säulen und symmetrische Verschnörkelungen und seltsame Linien von Girlanden: das wirkt so seltsam, so geheimnisvoll, mit einem

Wort: so schusterisch und löfflerisch. Aber keine Festzüge mehr schreiten und reiten durch diese Ehrenpforten. Die violetten Mädchen, die eben noch symphonische und andere Studien getrieben, sie wissen genau, daß alles jetzt vorbei ist. Zwar, helle und dunkle Centenargetränke rinnen noch immer durch die Hälse deutscher Bundesbrüder, deutscher Vereinsgenossen, deutscher Verbandsmeier und allgemeiner deutscher Jubelkollegen; auch essen deutsche Männer noch immer zu Ehren Wilhelms des Großen. Aber in der Hauptsache gilt das Wort des brabantischen Hochzeitscarmens: »Rauschen des Festes sei nun entronnen, Wonne des Herzens sei euch gewonnen.« Ja, Wonne des Herzens wird uns gewonnen werden, wann wieder alles im alten Gleis ist. Denn so überwältigend banal kann nicht leicht eine Feier sein, wie diese in Berlin gewesen ist. Der Vergessenheit entrissen zu werden verdient unter andrem die dem Kaiser versetzte Poesie des Direktors Karl Julius Müller, als welche bezeichnend für die ganze Höhe des Festes war. Vier der besseren Verse darin lauten:

So huld'gen, Majestät, wir treu verbunden
Den Hohenzollern hier an heil'ger Stelle!
Und weil wir dies aufs neue hier bekunden,
Wird dieses Denkmal uns zur Segensquelle.

Man sieht, es war nichts Schlechteres aufzutreiben. Die Familiendichter, die im Bomster Tageblatt oder in der Hundsfelder Allgemeinen Zeitung oder in den Rawitscher Neuesten Nachrichten Todesfälle und Jahrestage besingen, hätten doch konsultiert werden müssen, wenn bloß so jammervolles Zeug zur Verfügung stand. Im übrigen ist die große Beleuchtung der Stadt sehr hübsch ausgefallen. Besonders die eleganten Straßen am Wasser machten sich gut. Die Lichter spiegelten sich in diesem Wasser, manchmal auch nicht, und ungezählte Tausende sahen staunend hinauf und hinunter. Das war das Gelungenste. Im übrigen sind ja keine Unglücksfälle vorgekommen, auch in jener bewegten Nacht nicht, wo Wilhelm der Erste nach allerhöchster Vermutung seine Fahnen besucht hat, und selbst das Wetter hätte schließlich noch elender sein können. Jedenfalls ward eine schwere und gewaltige Masse Geld ausgegeben, und bei uns ist ja Gott sei Dank alles da, es ist nicht wie bei armen Leuten. Fremde kamen massenhaft nach Berlin, allerhand verfängliche Industrien blühten auf der Friedrichstraße.

28. März 1897

Majestät kommt zu Besuch

Am Ufer, da Häuser und Villen aneinandergedrängt stehen, war Dienstag große Freude. Der Kaiser kam in unser Haus. Unser Hauswirt ist der Meister Eberlein: Leser, Sie wissen es ja. Von dem brüllenden Löwen und dem verwitterten Bismarck, die vor dem Atelier dieses Bildhauers stehen, hab' ich einstens erzählt; Sie wissen es ja. Hier fuhr der Kaiser vor. Er fuhr dröhnend durch unseren Hausflur, dröhnend durch zwei geöffnete Tore, an dem Löwen vorbei, am Bismarck vorbei, bis an ein kleines Boskett. Von diesem Boskett führt ein Weg von mehreren Metern ins Atelier; den mußte er zu Fuß zurücklegen. Er sprang aus dem Wagen. Unser Hauswirt und Begas, der berlinische Michel Angelo bekanntlich, standen grüßend da; Begas im Frack, mein Hauswirt im minder feierlichen Gewand eines Privatmanns am Sonntagsnachmittag. Der Kaiser schüttelte beiden Meistern die Hände, während das ganze Haus, Frau Pastor Müller, Madame Rohr, Frau Klatt, Dr. Siemering, ich, elftausend Jungfrauen dienenden Standes und der kleine Willy mit einer Soldatenmütze teilnahmsvoll zuschauten. Dem Begas schüttelte der Kaiser die Hand ungemein kräftig; er schwenkte seinen Arm beinah. Ich dachte: wenn er mir die Hand so kräftig schüttelte, es würde mir vielleicht weh tun. Der Kaiser sah recht angegriffen aus; die Gesichtsfarbe schien gelblich. Hatten sich Reisestrapazen in diese Züge eingeschrieben? War es die Fülle der Regierungsarbeiten? Oder die Ermüdung der letzten Jagd? Wer wollte es sagen. Genug, seine Wangen hatten nicht die Leuchtkraft wie auf den Bildern. Es schien auch in seinem durchaus freundlichen Wesen etwas Befangenheit zu liegen; selbst dieses auffallend kräftige Händeschütteln wirkte gleich einem leisen Ausfluß von Befangenheit.

Von den zwei Meistern gefolgt, schritt der Kaiser die vier Meter vom Boskett bis zum Atelier entlang. Elisabeth, die Tochter der Pastorin, goldblond, madonnenhaft, achtzehn Jahre alt, schalksam und weich, drängte sich ein bißchen vor. Rohr's lagen im Fenster, die ganze Familie. Die Pastorin schritt vorwärts, mit der Entschlossenheit, die sie auszeichnet, und es dünkte mich, daß der eherne Löwe vor ihr furchtsam den Schweif einzog. Während der Kaiser, von den zwei Meistern noch immer gefolgt, dahinging, blickte ich ihn an, aus nächster Nähe. Und ich dachte: dieser Mann, welcher die vier Meter vom Boskett bis zum Atelier entlangwandelt, hat die Zukunft Deutschlands bis zu einem gewissen Grade in der Tasche. Man könnte sogar sagen: die Zukunft Europas. Bis zu einem gewissen Grad. Ich sah ihn schweigend an und dachte dieses, während er Elisabeth Müller grüßte. Eine ältere Dame mit einer Handtasche hatte sich aber an das Haustor gestellt. Und als der Kaiser in zwanzig Schritt Entfernung, den Rücken ihr zugewandt, dahinging, machte sie dennoch einen tiefen Knicks. So daß ich meinte, sie würde sich auf die Erde setzen. Die Dame balancierte jedennoch. Es gelang ihr, noch einmal sich emporzuarbeiten, und ich freute mich dessen. Man kann wohl sagen: wir alle freuten uns dessen. Als er nachher davonfuhr, unser Kaiser, fesselte ein Vorgang die Teilnahme des Hauses. Er hatte sich kaum in den Wagen gesetzt, da stürzte – stürzte, sag' ich – ein Riese auf ihn los. Hollaho, dacht' ich, er ist der mächtigste Mann in Europa, warum stürzt dieser Riese auf ihn los? Seltsame Gedanken schwirrten durch

Was der Kaiser sah: Atelier des Bildhauers Gustav Eberlein, Lützowufer 29, wo Kerr wohnte – Aus: Adolf Rosenberg: Eberlein. Bielefeld & Leipzig 1903
Kunstbibliothek am Kulturforum / Bildarchiv Preußischer Kulturbesitz

den Kopf. Doch gleich merkten wir, daß es sein Leibdiener war. Der Amateur-Apparat des Doktors Siemering hatte schon zu wackeln angefangen. Niemand ermißt aber die Geschwindigkeit, mit welcher der Leibdiener-Riese die Beine seines Herrn einwickelte, in eine Pelzdecke. Er wickelte fieberhaft, stopfte, arbeitete, eins, zwei, drei, rechtes Bein, linkes Bein, Mitte, fertig. Der Adjutant trabte zu Fuß vor die Hausfront, um rechtzeitig in seinen Wagen zu kommen. Die zwei Polizisten vor dem Tor rafften ihre Muskeln zusammen. Unser Kaiser fuhr von hinnen. Rohr's grüßten vom Fenster. Elisabeth blinzelte mit den Augen, von der Sonne geblendet.

25. Dezember 1898

»Wir malen anders«

Politik und Kunst sind die Pole, zwischen denen sich das vielfältige Leben des Herrschers bewegt. [...] so hat Wilhelm der Zweite sich in dieser Woche wieder einmal der Kunst gewidmet. Besuchte die Ausstellung am Lehrter Bahnhof und teilte mit, er sei ein entschiedener Gegner der modernen Malerei, Bildhauerei und sonstigen Kunst. Wir haben es geahnt. Das Bild vom deutschen Michael gehörte weit eher einer älteren Kunst als der neuen. Auch der Sang an Aegir ist nicht der modernen Musik beizurechnen: sondern in der Schlichtheit seines Gefüges schmiegt er sich mehr an Volkslieder älterer Struktur, wie die Marseillaise, an. Schließlich, was die redenden Künste oder Literatur betrifft, so zählt bekanntermaßen das weiße Rössel, der Dichter Lauff und das Drama »Renaissance« von Schönthan und Koppel-Ellfeld nicht zu der neuen Kunst, die etwa durch Gerhart Hauptmann vertreten wird. Gleichviel. Denkwürdig wär' es, festzustellen, was Wilhelm der Zweite vor Werken der verurteilten modernen Malerei empfände. Diese Werke bieten ja nicht bloß eine besondere Malweise; sie bieten eine besondere Weltanschauung. In der Berliner Sezession ist, soviel ich weiß, kein einziges Schlachtenbild. Ich weiß nicht mal, ob ein einziges Bildnis Wilhelms des Zweiten dort hängt. Die modernen Maler sehen die Dinge nicht nur anders, wenn sie malen; sie wählen auch andere Dinge zum Malen. Darin schon liegt ein Programm. Sie besitzen eine abweichende Lebensauffassung. Wilhelm der Zweite hat unter seinen vielen unvergeßlichen Aussprüchen auch den getan: »christlich-sozial ist Unsinn«. Welche Gefühle würden nun ausgelöst in ihm, wenn er sähe, auf welche Art ein ehemaliger Kavallerieoffizier wie Uhde den Heiland Jesum Christum in einer Arbeiterfamilie darstellt. Wenn er sähe, daß heut schon ein Großkapitalist wie Liebermann mit besonderer Neigung einen arbeitsgebeugten, schwergefurchten Mann in den Dünen beinahe tendenziös verewigt. Als ob diese modernen Maler beide sagen wollten: »Hier, im Sozialen, liegt nach unserem beschränkten Glauben ein Wesentliches, vielleicht das Allerwesentlichste dieser Zeitläufte, und wir malen, wir malen, was unseren Anteil an diesen Zeitläuften machtvoll ausdrücken könnte. Wir malen anders, wir malen anderes. Wir gehören schon halb zu der Rotte vaterlandsloser Gesellen, die Du bekämpfst und mit denen allein fertig zu werden Du vor einiger Zeit erklärt hast. Wir malen, wie Gerhart Hauptmann die Weber malte, dessen Name nicht genannt werden darf und dessen Stücke nicht gekrönt werden; so malen wir, so malen wir, so malen wir alle Tage.« Kurz und gut: sofern ein Programm der Lebensauffassung in der modernen Kunst steckt, sofern ist Wilhelm der Zweite sehr berechtigt, seine Lebensauffassung ihr entgegenzustellen, also diese Kunst zu verwerfen. Es wäre wundersam, wenn das Gegenteil vorläge. Das ist der eine Punkt; der andere betrifft die Malweise, nicht das Programm. Wenn der Kaiser auch sie verwirft, so wird der Grund darin liegen, daß sie ihm nicht gefällt. Das ist nochmals sein Recht; somit ist unter beiden Gesichtspunkten seine Stellung erklärt. Tatsache aber bleibt, daß Wilhelm der Zweite die Entwickelung unserer modernen Kunst mit diesen Antipathien und etwaigen Sympathien nicht allzusehr beeinflussen kann. Es liegt in der Natur der Dinge. Von des Großen Friedrichs Throne ging sie schutzlos, ungeehrt, jammerte Schiller vor zehn Jahrzehnten. Heut wirken andere Mächte. Ludwig von Bayern war der letzte Mediceer; und konnte auch nicht mehr tun als seinem Genius die Schulden bezahlen. Heute vermag Wilhelm der Zweite dem weißen Rössel zu einem Kassenerfolg zu helfen, wenn er lebhaft Beifall klatscht und etwa meint, solche Stücke müssen durch drei Bohlen gelobt werden. Aber vor großen Gestalten und vor großen Entwickelungen steht er als ein Privatmann. Der Kaiser mag die moderne Malerei verwerfen; sie wird darum nicht aufhören zu wachsen, zu blühen und zu gedeihen.

9. September 1900

Allerhöchster Geburtstag

Im Vordergrund einer weitgehenden Aufmerksamkeit stand, wie so oft, die Person des Kaisers. Er hatte seinen Geburtstag, und die Leute, die im westlichen Berlin wohnen, ersahen wenigstens am nächsten Tage aus den Zeitungen, daß der Geburtstag mit zahlreichen sichtbaren Kundgebungen gefeiert worden war. Hier im Westen sieht man nicht viel. Wer hier lebt, brauchte überhaupt von dem Tage keine Kenntnis zu bekommen. Das hängt damit zusammen, daß im Westen wenig Geschäfte sind. Es ist eine Tatsache, daß der kaiserliche Geburtstag gerade von den Geschäften in der augenfälligsten Weise begangen wird. Die Geschäfteinhaber müssen demnach um einen Grad monarchischer sein als andere Menschen. Denn daß sie die Angelegenheit als eine Geschäftsangelegenheit betrachten – diese Verworfenheit wird ihnen niemand zutrauen. Leider läßt sich nicht leugnen, daß die Kneipenwirte die Angelegenheit als eine Geschäftsangelegenheit betrachten. Seit einigen Jahren veranstalten mehrere hervorragende Hotelbesitzer an diesem Tag auch Festgastmähler für einzelne Personen – für einzelne Personen, die etwa die Neigung haben, an diesem Tag ihren Monarchen durch eine stille reichliche Mahlzeit zu feiern. Diese Solofeier scheint mir Geschäft zu sein. Die Herren haben offenbar Schopenhauer gelesen und kennen die Psychologie der Deutschen, denen er nachsagt, daß auch ein Spaziergang für sie nur einen Umweg ins Wirtshaus bedeute. Die Kunstausstellung war für die Berliner von jeher ein Vorwand zum Biertrinken. So wird ihres Monarchen Wiegenfest ein Vorwand zum Essen. O schnöde Welt.

Der zweite Umstand, um dessentwillen man des Kaisers gedachte, war das théâtre paré, bei der Aufführung des »Burggrafen« von Lauff dem Festlichen. Da erblickten wir den Kaiser in der Hofloge, und er sah ganz vorzüglich aus. Wir Parkettbesucher alle erschienen in Frack und weißer Binde. Und als der Kaiser eintrat, stieß ein Hofmarschall mit dem Stock auf den Fußboden, und wir alle mußten aufstehen. In dem einen Zwischenakt aber roch es nach Braten, denn die Majestäten speisten im Theater zur Nacht. Wir alle rochen den Braten. Ins Foyer durften wir an diesem Abend nicht: weil eben théâtre paré war. Ein Zettel hing da, auf dem gedruckt war: das Foyer ist heute geschlossen. Wahrscheinlich speisten die Majestäten den Braten dort. Und der Kaiser, wie gesagt, sah vorzüglich gesund und sah gewissermaßen blühend aus.

Nur so objektive Nachrichten wird man heute noch schreiben dürfen, ohne vom Staatsanwalt Unannehmlichkeiten befahren zu müssen. Das strenge Auge des Gesetzes blickt angestrengt nach oben. Favete linguis. Johannes Trojan hat eben zwei Monate Spandau bekommen. Mancher bleibt aber lieber in Berlin. So zum Beispiel, o teurer Leser, Ihr sehr ergebener Kerr.

30. Januar 1898

Ball im Opernhaus

Und weil nun schon die hohe Zeit der großen Lustbarkeiten ist, darf sich der Chronist auch um den Subskriptionsball nicht herumdrücken. Er ist gewesen. Und ist mehr »interessant« als fröhlich gewesen. Um neun Uhr begann er, und um halb elf ging der Kaiser weg. Man brauchte also, um das Wichtigste mitzumachen, nicht länger als eine gute Stunde dazusein. Das ist sehr vorteilhaft in der zweiten Februarhälfte, wo man jeden Abend drei Einladungen hat. Wer sich um halb sieben irgendwo zum Diner gesetzt hatte, sich dann gegen neun englisch empfahl und rasch ins Opernhaus fuhr – in versöhnlicher Stimmung, etwas Weinnebel im Kopf –, der wurde in großes Staunen versetzt durch den herrlichen Anblick dieses königlichen Saals und was ihn füllte. Glanz und Licht und Rausch und Seligkeit schienen greifbar in der Luft zu liegen. Vier Ränge mit tausend hübschen Müttern und Töchtern (und hier sind die vielen gräulichen gar nicht mitgerechnet), alle in den luftigsten Ballkleidern, frisch gewaschen, hold frisiert, unschuldsvoll und sehnsuchtsreich, mit allerhand ererbten schweren Brillanten geziert, und die Ideale des Militarismus im blonden Kopf – kann man da Widerstand leisten. Außer den Rängen ist noch der ganze Saal voll, der strahlende, mit Fliederduft parfümierte Saal. Ein bißchen eng ist es, großer Vater, Kommerzienrätinnen stehen minutenlang auf den Füßen benachbarter Frackträger. Dann und wann hört man Schleppen krachen. [...] Also: der Kaiser ist in roter Husarenuniform, die Kaiserin in himbeerfarbenem Kleide. Die Kaiserin hat vorn mehrere eigroße Smaragde hängen, und eine innere Stimme sagt dem Betrachter, daß diese Steinchen nicht von Pappe sind. Neben der Kaiserin, in der Loge, sitzen Prinzessinnen, manche haben ein Krönlein auf, wie im Märchen. Die meisten sehn aus, als ob sie mit Milch und Vegetabilien in guter, heilsamer Luft aufgezogen wären; wie Pastorentöchter. Die hübscheste ist Frau Friedrich Leopold in blaugrünem Sammet, auf dem freien Angesicht Lebensfreude, Verwegenheit, Kraft und etwas Leuchtend-Lustiges. Den Kaiser kann ich eine geschlagene halbe Stunde auf weniger als zehn Schritt beobachten. Er blickt in das Gewühl, sein Blick ist zuerst verdrossen, dann heitert er sich auf. Zuweilen blitzt es friederizianisch aus seinen Augen. Wenn man sein Äußeres auf gut berlinisch kennzeichnen sollte, dann müßte man sagen: »Es liegt was drin.« Bei aller Gutmütigkeit, die sein zum Plaudern herabgeneigter Kopf oft zeigt, ist das hervorragendste Merkmal dieser Züge eine selbstwillige Entschlossenheit. Er sieht aus wie einer, der, wenn Not am Mann ist, nicht viel Federlesens macht. Niemand wird ihn für unbedeutend halten. Sehr sympathisch ist ein von Zeit zu Zeit auftauchender sorglicher Zug, fast ein hausväterlicher Zug. Man begreift, alles in allem, die enthusiastischen Urteile, welche von vielen Ausländern, die ihn sahen, sofort über ihn gefällt wurden. Das Schicksal gebe ihm gute Ratgeber … Vor seiner Loge wird auf engstem Raum getanzt. Offiziere und Hofdamen, sie müssen große Kunst entwickeln, um nicht anzustoßen. Ich traue mich gar nicht zu tanzen, ich stoße immer an.

28. Februar 1897

Im neuen Reichstag

Sensation mit Abgeordneten

Der Gipfel des Geschmacks

Als ich in den Reichstag ging, machte ich die betrübende Wahrnehmung, daß der Zutritt zu diesem populären Institut unter Umständen erschwert werden kann. Ein Diener handelte mit Eintrittskarten. Ich gab ihm meine fünfzig Pfennige und war verstimmt. Der Reichstag ist [...] die größte Sensation dieser Wochen. [...] Auf den Tribünen wimmelt es von Herrschaften mit umgehängten Reisetäschchen, ganz wie sich im Wintergarten die Kleidung mit dem bekannten Provinzschnitt bemerkbar macht. Ich selbst hatte für einen Freund aus dem lieben Breslau den Bärenführer zu machen. Als wir in den Reichstag kamen, war er mit mir einig, daß diese herrlichen Wandelgänge, dieser stattliche Sitzungssaal, dieser ganze Bau, wenngleich in seinen Emblemen über Gebühr dynastisch, doch der Gipfel des Geschmackvollen sei. Als wir die Tribüne betraten, sprach gerade der Abg. Marquardsen, und nachdem der ältliche, professoral-ungeschickte und monotone Herr zwei Minuten geredet hatte, merkte ich, daß mit meinem Freunde etwas vorgegangen war. »Sein Aug' ist zugefallen, er sank in tiefen Schlaf«, zitierte ich aus dem Lohengrin. Er wurde bald durch das fröhliche Geplauder der Abgeordneten geweckt, die Herrn Marquardsen grausam einen stumm verhallenden Monolog aufsagen ließen, ohne sich in ihren Privatscherzen stören zu lassen. Eugen Richter, dessen merkwürdig großer Kopf mit dem seltsamen Scheitel über der rechten Schläfe vor guter Laune leuchtete, stand mit Herrn von Kardorff im fidelsten Plaudern vor den Bänken der Rechten. Kardorff selbst zeigte sich bald als ein gewandter und energischer Redner. Der ganze Mann, dessen weißes Haar und weißer Kinnbart in einem gewissen Gegensatz zu seinem lebendig-energischen, jugendfrischen Auftreten stehen, sprach mit einem ausgeprägt norddeutschen Accent, kurz, deutlich, laut. Außer der noblen roten Krawatte würde bei ihm nichts auf den Aristokraten schließen lassen, denn er hat in seiner Gesamterscheinung etwas von einem Schneider, wie

Der neue Reichstag, eingeweiht am 5. Dezember 1894, als Kerr seine Berliner Briefe zu schreiben begann *Stiftung Stadtmuseum Berlin*

ihn die volksmäßige Karikatur, mager und mit einem Ziegenbart, gern darstellt. Dagegen erschien meinem Freunde der Herr Graf Mirbach außerordentlich nobel. Er hat die treue braune Landwirtphysiognomie, die man in Berlin häufig in Vergnügungs-Etablissements für Provinzonkels trifft, wie in den »Blumensälen« und ähnlichen Orten, an denen ältere Herren ihre verblaßten Tanzstunden-Erinnerungen in weniger harmloser Umgebung bequem auffrischen können. Braun und treu sieht Herr von Mirbach aus und etwas hochfahrend außerdem. Ruhig und mit einer sozusagen provokatorischen Vornehmheit spricht er mit tiefer Stimme, der gescheitelte Herr mit dem blondbraunen Vollbart. Über sein ganzes Wesen ist jene Wohlbehaglichkeit und frohe Selbstzufriedenheit ausgegossen, die eine gewisse Begrenztheit oft erkennen läßt. Mein Freund, der ein scharfer Freisinniger vor dem

Herrn ist, wollte schon ungehalten werden über die wegwerfenden Allüren des Mannes, als der Sozialist Auer von der Mitte der Treppe, ans Geländer gelehnt und mit dem rechten Arm in der Luft schlagend, zu reden begann. Dieser wilde Mensch, in dem die Wildheit durch eine plumpe Schwere und die Schwere wieder durch Wildheit temperiert wird, schaffte sich mit einem Schlage Ruhe. Ernst, nachdrucksvoll, fast überlaut und deutlich redete er, daß es grollend klang, jeden kleinen Satz schmetterte er nieder wie ein Schmied seinen Hammer, und wie ein schwer und langsam gehendes Räderwerk arbeitete sein Gehirn; man merkte es diesem wuchtig-bajuwarischen Autodidakten an, wie zäh und grimmig er nach Logik rang. Zuletzt übermannte ihn das Temperament, und als er dem wohlgepflegten Herrn von Mirbach ein unparlamentarisches Wort ins Gesicht schleuderte, trat der ganze Haß, die fast rassenhafte Abneigung dieses Arbeiters gegen den Aristokraten für einen Augenblick beklemmend in die Erscheinung.

10. Februar 1895

Posten und Positionen

Und die Gewohnheit nennt er seine Amme. Warum hat man den Herrn von Frege-Weltzien aufs neue zum ersten Vizepräsidenten des Reichstags gewählt? Wie inkonsequent ist die Menschennatur, wie schwankend ist sie, wie unlogisch, wie verstockt und wie arm an Mut. Es handelt sich um den Reichstag, um die wichtigste Volksangelegenheit der Deutschen, die nicht zur Komödie werden darf. Herr von Frege hat durch seine Unfähigkeit, das gegebene Amt zu verwalten, Stürme von Heiterkeit erregt. Man ist nicht verpflichtet, zu allen Dingen fähig zu sein. Frege mag zu vielen Dingen unbefähigt sein, aber zweifellos am unbefähigtsten ist er für die Leitung des gesetzgebenden Körpers. Es ist das nicht ein böses Gerücht, von einer einzigen Partei in Umlauf gesetzt. Vielmehr sind alle Parteien über seine Unfähigkeit einig; und alle Parteien machen ihm gleichzeitig Honneur durch donnerndes Gelächter. Dennoch ernennt man diesen Mann wieder zum Inhaber des Postens. Wie ist das zu erklären? Will man ihn nicht verletzen? Dann will man also lieber eine Nation durch diesen Anblick verletzen. Wahrscheinlich liegt der Grund in persönlichen Beziehungen, zur einen Hälfte.

Zur andern Hälfte liegt er im Gesetz der Trägheit. Alle wissen, daß er unfähig ist, aber keiner von seinen Leuten hat die Traute, mit der Sprache herauszurücken. Einer müßte anfangen, müßte rufen: weg! und der findet sich nicht. Die Gesamtheit ladet damit eine Schuld auf sich, die wahrlich nicht so komisch ist wie die Amtsführung des Herrn von Frege. Das Ganze wird schließlich ein Symbol. Ein Symbol für den faulen, immanenten Konservatismus, der niemals sagt: Ja – also! Man kann ruhig noch weitergehen und behaupten: wer zuerst die Stimme erhöbe gegen die fernere Belassung Freges in diesem Amt, der würde sich höchst mißliebig machen. Die Näherstehenden würden ihn verdächtig anblicken. Sein Ruf als eines Krakeelers wäre besiegelt. Er würde boykottiert werden. Denn Frege ist ein glücksgesegneter Mann, der mit vielen gutsteht. Würde der ganze Fall sich in höherem Bereich abspielen, während er sich in Wahrheit auf niedriger Fläche bewegt, so könnte man aus Hebbel zitieren, was der König Kandaules zum Gyges sagt:

> Drum, Gyges, wie dich auch die Lebenswoge
> Noch heben mag (sie tut es ganz gewiß,
> Und höher als du denkst) vertraue ihr,
> Und schaudre selbst vor Kronen nicht zurück –
> *Nur rühre niemals an den Schlaf der Welt.*

Dieser Schlaf ist in Deutschland oft tiefer gewesen als in andern Ländern. Er hat viel Unheil gebracht im Laufe einer langen Geschichte. Dieser Schlaf hat zuletzt die Schädigung des Landes durch die deutschen Fürsten ohne Krakeel geduldet. Dieser Schlaf duldet auch in der Gegenwart vieles Empörende, ohne Krakeel. Der Fall des Herrn von Frege ist eine Kleinigkeit. Doch er gibt Anlaß zu schwereren Betrachtungen.

Auch der jüngste Fall Mirbach ist eine Kleinigkeit. Aber eine mit Hintergrund. Herr von Mirbach war gelaunt, die Sozialdemokraten Rhinozerosse zu nennen. Dieser Ausspruch an sich ist gleichgiltig; er würde, von einem Unbekannten getan, nicht stärker beachtet werden als etwa die Aussprüche des Grafen Pückler aus Klein-Tschirne. Man würde sagen: irgendein Mirbach hat die Träger der einschneidendsten und ernstesten Bewegung unserer Tage mit einem Viehnamen belegt, er steht vielleicht auf der geistigen Höhe Wrangels, möge er glücklich werden. Das würde man sagen, wenn er Privatmann wäre. Der Mann bekleidet aber, weithin sichtbar, ein »hohes« Amt.

Also man kann in Deutschland heut ein hoher Beamter sein und darf die nach Zahl stärkste Partei des Landes durch einen tierischen Vergleich offen beschimpfen. Er bleibt im Amt – wie man im Amte bleibt, wenn man zwölftausend Mark sich von einer Clique für ihre Zwecke hat schenken lassen. Hohe Würdenträger, von unserem Gelde bezahlt (gleichviel ob direkt oder auf dem Umweg der Zivilliste), bleiben auf dem Posten, obwohl sie grobe Verletzungen der rechtmäßigen Gefühle dieses Volkes wagten. Hat die Kaiserin, was anzunehmen ist, von der Rhinozeros-Rede ihres Oberhofmeisters keine Kenntnis, so ist durch eine ständige Einrichtung dafür zu sorgen, daß dergleichen zu ihrer Kenntnis gelangt. Gott schuf den Menschen nach seinem Ebenbilde, heißt es beiläufig in der Bibel. Herr von Mirbach, dieser Kirchengeldsammler, müßte das wissen. Einst besuchte der fromme Mann Herrn Singer, um eine Gunst von ihm zu erbitten. Damals erzählte er nicht, daß er die Sozialdemokraten für Rhinozerosse halte. Rhinozerosse besucht man nicht. Jedenfalls bleibt die ganze Erscheinung mit ihrer periodischen Tätigkeit in Wort und Schrift eine fesselndere Gestalt unserer Zeitläufte. Sooft er hervortritt, erregt er freundliches Aufsehen. Was wird er wohl das nächste Mal bringen.

18. November 1900

Eine kitzlige Frage

Der Reichstag hat in dieser Woche ein populäres Thema behandelt: Kuppelei. Selten sind die Berichte mit so sorgfältigem Eifer von allen Schichten der Bevölkerung gelesen worden. Diese, hm, allgemein-kulturellen Dinge finden einen weiten Resonanzboden im Herzen der Nation; während man den spezifisch wirtschaftlichen Fragen, Zollangelegenheiten, Neubauten, Besoldungsproblemen, mehr in Fachkreisen Anteil entgegenbringt. In der Stadtbahn lasen selbst die kleinen Geschäftsmädchen ausschließlich die Parlamentsbeilage. Ich kann auf das Thema nicht eingehen. Es ist eine zu mulmige Sache. Eines ist bemerkenswert: Bebel hat die Frage des Hausfreundes angetippt; des dritten Mannes, oder vielmehr des zweiten Mannes im »dreieckigen Verhältnis«, um dieses Ibsenwort zu brauchen. Ich kann auch hierauf nicht eingehen. Man würde mich aufhängen. Es ist, wie der Vater von

Effi Briest zu sagen liebt, »ein weites Feld«. Doch ich bin Gedankenleser, besonders im influenzierten Zustand, und kann mir genau vorstellen, mit welchen Gefühlen dieser und jener die Kitzeleien des Sozialdemokraten gelesen haben. Die Zahl der Gänsehäute ist in dieser riesigen Stadt gar nicht zu ermessen. Womit nicht gesagt sein soll, daß der Hausfreund in Berlin relativ stärker auftritt als anderswo. Am ungezwungensten scheint er in ländlich-sittlichen Familien vorzukommen, wie die Fälle Rosengart und Berndt zeigen. Immerhin hat jeder Ort seine Spezialitäten, und in Berlin –. Aber nein, es ist wirklich ein zu weites Feld. Ich halte Bebel nicht für einen Sachverständigen. Er urteilt aus der Tiefe des Gemüts, nicht aus der Fülle der Beobachtung. Seiner ist das Himmelreich.

28. Januar 1900

Pressefest in allen Räumen

Um von fröhlicheren Sachen zu sprechen: am vorigen Sonnabend war ein Pressefest. Es wurde im Reichstag abgehalten, wo all die unfröhlichen Dinge in kraftvoller Tonart hoffentlich zur Sprache kommen. Bei dem Pressefest riskierte den stärksten Ton die Berliner Liedertafel. Sie sang Choräle, Volkslieder und sonstige Manneslieder. Hoch oben stand sie, auf den Galerien der Rotunde verteilt, und es ergossen sich die Baß- und Tenorfluten bis in die fernen Seitengänge dieses prachtvollen Gebäudes. In der Rotunde saßen Kopf an Kopf schöngekleidete Damen und Herren. Ringsherum, an den Wänden und zwischen den Torsäulen, standen Krieger mit Orden, auch Finanzaristokraten, auch Schriftsteller, auch hohe Beamte, auch Künstler. Vorn war ein Podium, ein Flügel darauf. Dort stellte sich die Sängerin Tilly Koenen hin und sang Worte von Friedrich Nietzsche, komponiert durch Arnold Mendelssohn. Die Lichter fielen auf sie hernieder, ich meine: der Schein der Lichter, und die vollen Töne zogen gewaltig durch den runden Raum. Aber die Aufmerksamkeit war nicht stark, denn alles lauerte auf das Lustwandeln durch die Hallen, durch die Korridore, durch die Speiseräume des Parlaments. [...]

Gegen Mitternacht gingen viele Leute in den Sitzungssaal der Reichstagsabgeordneten. Denn alle Räume standen den Gästen zur Verfügung. Die

Plenarsaal im neuen Reichstagsgebäude – Fotopostkarte/Kunstverlag J. Goldiner
Hans-Werner Klünner, Berlin

Herren und Damen traten ein, mit den scheu erstaunten Blicken, mit dem vorsichtig ausgereckten Hals, wie die Weber in Dreißigers Wohnung. Manche hatten vorher auch ein Edelmannsfressen zu sich genommen. Lächelnd standen drei Diener im Hintergrund und hörten sich die Bemerkungen an. Der Anblick der Fraktionsstühle rief in einzelnen Besuchern die politische Leidenschaft wach. Ein Greis erklärte: diese Partei hat unserem Lande viel geschadet, mit ihrem Nörgeln; er hatte sich süßen Weines vollgesogen und wurde von der Familie am Rock rückwärts geschleppt. Duftig gekleidete junge Mädchen krochen auf die Bänke der Sozialisten. Wenn in diesen Tagen der grimme Bebel, der wuchtige Auer und Mirbachs Freund Singer auf ihre Stühle sich niederlassen, dann wird ihnen ein märchenhafter Wonneschauer süß-prickelnd über den harten Leib rinnen.

18. November 1900

Wo Fontane ging und Menzel speiste

Die Verwandlung der Potsdamer Straße

Frühling wird's

Wenn man jetzt abends um neun Uhr die Potsdamer Straße entlanggeht, wundert man sich über eine gewisse Veränderung. Sonst rennt und huscht hier alles in geschäftsmäßiger Eile aneinander vorüber. Jetzt geht alles langsamer.

Oben die Bäume zeigen nämlich die ersten Knospen. Die Luft ist lind und weich. Trotz des Pferdebahngeklingels und des Wagenrasens liegt ein gewisser Friede über den baumbestandenen Straßen. Die Leute gehen gemächlich, halb matt von der milden Luft, bleiben stehn und sehen hinauf – nach den Knospen. Die kleinen Verkäuferinnen aus den Handschuhgeschäften; die blonden Mädchen, welche bis um neun Hüte garniert haben; die andern, die frische Blumen zu Bouquets und Blutbuchenblätter zu Grabkränzen winden und an denen nur die Hände oft etwas rot sind; die schlanken Geschöpfe, die den Tag über Probiersklavinnen für die Gewänder eleganter Damen sind und die sich dafür abends an eleganten Herren rächen; die kleinen schalkhaften Schneiderinnen mit dunklen Hütchen und einem schwarzen Sammetstreifen unten am Rock; die kleinen Käfer, die bis jetzt in den Komptoirs Adressen geschrieben und Couverts beleckt haben – sie alle wandeln langsam, langsam, zu zweien und dreien, Arm in Arm gefaßt, mit schlenderndem Schritt und wiegenden, schweren Gliedern in seliger Trägheit dahin, sie saugen die weiche Abendluft ein, sehen nach den Knospen empor und nach irgendeinem Schnurrbart rechts oder links; eine oder die andere summt das sentimentale Berliner Lieblingslied vor sich: »Es war ein Sonntag, hell und klar« ... Das reizt immer den Gipfel der Gefühle an.

Der Berliner Frühling ist ein Großstadt-Frühling. Er ist eine seltsame Mischung von Naturelementen und von Zivilisationselementen. Der Himmel, die Luft, die Bäume und der besondere Geruch des Asphalts, die Toiletten

Treffpunkt Café Josty zwischen Potsdamer Straße und Bellevuestraße
Deutsches Historisches Museum

und die ins Freie gestellten Tische der Restaurants und Cafés im Potsdamer Viertel machen ihn. Bei Frederich ist die Veranda hergerichtet; die Gäste trinken ihren Rheinwein dort und nicken gelegentlich einem Passanten der Potsdamer Straße zu. Bei Josty weiter unten ist zwischen fünf und sechs kein Stuhl zu haben; dicht gedrängt sitzt alles an den kleinen Marmortischen im Freien. Vorwiegend die eleganten und zahlungsfähigen Beherrscher des Westens, die selbst in ihren Zylindern und schwarzen Kammgarnanzügen verblassen vor den leichten, strahlenden Toiletten ihrer Frauen, die, schwarz oder blond, laut plaudernd oder phlegmatisch aus einem Strohhalm ihren Eiskaffee saugen. Es lohnt, sie zu sehen, wie sie da sitzen und reden und lachen und knabbern – oder auch vor sich hin starren und falsche Gedanken nähren und von Zeit zu Zeit nach dem Potsdamer Platz schielen, wo elegante Spaziergänger einsam vorbeiflanieren und in die aristokratische, frühlingsgrüne Bellevuestraße einbiegen. Und auch die dunklen Gänge des Tiergartens sind abends belebter als sonst. Die kleinen Geschäftsmädchen gehen dort mit liebenswürdigen Jünglingen spazieren. Durch die großen Queralleen und über die schmäleren Reitwege gehen sie, aber die ganz schmalen und einsamen Stege am Neuen See und an der Schleuse werden bevorzugt – da, wo das Wasser melancholisch rauscht und von Zeit zu Zeit ein verlorener Schrei aus dem Zoologischen Garten herübertönt. Wer um diese Zeit durch die schweigenden, dunklen Gänge schreitet, sieht mitten im Wege Menschenpaare stehen, eng umschlungen, die sich küssen, und von den Bänken an der Seite sind flüsternde Stimmen vernehmbar. Der Frühling, der alles sprießen läßt, der selbst in der Pankestadt eine Art Vegetation zustande bringt, weckt jene leise erregte, verliebte Stimmung, die in mäßigen Novellen so oft vorkommt. Die verliebten Paare küssen sich allmählich bis zum Charlottenburger Hauptweg durch und kehren im »Charlottenhof« oder im »Café Gärtner« ein. Dort trinken sie ein Glas Helles. Und der Frühling, der alles sprießen läßt, läßt auch auf dem Gesicht des Jünglings in der zweiten Aprilhälfte die Frühlingsblätterchen sprießen, für die man in Berlin den holden Namen Pickel hat. Die kleine Blonde sieht sie, als sie am Tisch im elektrischen Lichtschein beim Glase Bier sitzt, und lächelnd sagt sie: »Max, – du bist der reine Pickolomini.«

23. April 1895

Da kommt Fontane

Ein alter, großgewachsener Herr ist Theodor Fontane, mit schmalem Seitenbärtchen und grauem Schnurrbart. Ein großes Tuch um den Hals gelegt, das über dem dicken Mantel sitzt, schreitet er die Potsdamer Straße entlang. Er geht gewöhnlich dicht an den Häusern, weil es ihm keinen Spaß machen würde, von den hundert Bekannten, die dort jeder Bewohner des Westens täglich trifft, angehalten zu werden. Nicht als ob er unfreundlich wäre. Aber es lohnt wahrhaftig nicht, ein paar Banalitäten auszutauschen und sich dafür zu erkälten. Vor dem Erkälten hat er nämlich große Angst; und darum hält er das berühmte graugrüne Tuch stets vorn mit der Hand zusammen. Unter dem Hut blicken die guten und klugen und großen grauen Augen in die Ferne, und mit raschen Schritten geht er, etwas nach vorn geneigt, unaufhaltsam seines Weges. Wenn es windig ist, schreitet er rascher, und er hält das Tuch fester und höher, bis über den Mund weg. Die grauen Locken bewegen sich dann leise, die dem alten Herrn über dem Nacken schweben. Es sind keine Künstlerlocken! Er sieht nicht aus wie ein greiser Barde, von dem zu befürchten ist, daß er eine Leier aus der Manteltasche zieht. Er hat etwas Altfränkisch-Militärisches. Er hat das Gesicht eines friedlichen pensionierten Offiziers aus den dreißiger Jahren. Über dem ganzen Mann schwebt im Äußeren, auch in der Kleidung, bis auf Halsbinde und Kragen ein Hauch der guten alten Zeit.

Und das Staunenswerte ist: diese unmoderne Persönlichkeit hat unglaublich moderne Ansichten. Der älteste unter den deutschen Literaten ist zugleich der entschlossenste Parteigänger der jüngsten. Er wird von ihnen geliebt wie kein zweiter. Nicht minder von demjenigen Kreis der übrigen literarisch Interessierten, welcher nicht in rohen Bumbum-Effekten und verlogenen Sentimentalitäten den Gipfel der Kunst erblickt, sondern sich zu ehrlicher Lebensabschilderung und feinerer Seelenkunde hingezogen fühlt. Sie alle bestaunen ein Phänomen in dem Manne, der sich, im zarten Alter von sechzig Jahren, entschloß, ein naturalistischer Dichter zu werden; der sich hinsetzte und in »Irrungen und Wirrungen« flugs den besten Berliner Roman schrieb; der heut mit fünfundsiebzig Jahren noch ein wundervolles, lebenstiefes Abendstück von reifer und inniger Kunst zustande bringt.

1. Januar 1895

Menzel sitzt bei Frederich

Indessen schickt sich dieser Westen an, einen großen Künstler zu ehren: den achtzigjährigen Adolf Menzel. Menzel, der Schlesier, mag durch seinen langen Aufenthalt in Berlin ein Norddeutscher geworden sein. [...] In der Adoptivheimat Berlin ist Menzels Gestalt, rein äußerlich betrachtet, eine allerbekannteste. Schwer zu erklären ist das nicht. Diese Gestalt, zu der jeder lebende Maler emporsieht, ist so klein, daß jeder normal gewachsene Mensch zu ihr hinabsieht. Menzel hat die Erscheinung eines Gnomen. Er scheint vorübergehend aus irgendeiner Bergspalte gekrochen zu sein. Sein Blick ist aber nicht heinzelmännisch. Er blickt streng; oder zum mindesten sehr fest;

manchmal humoristisch. Der Kopf mit dem gewölbten, kahlen Oberbau und dem weißen Halsbart ist meist leise gesenkt, aber die bebrillten Augen emporgeschlagen wie die Augen jemandes, der etwas scharf prüfend abmißt. Eine fast grotesk dozierende Haltung nimmt der kleine Mensch oft ein, der, alles in allem, gedrungen, respektgebietend wirkt. [...]

Um seine Rüstigkeit zu ermessen, muß man ihn essen sehen. In der Potsdamer Straße befindet sich die altrenommierte, durch nichts zu ersetzende Weinstube von Frederich. Ein Lokal mit breiten, bequemen, trostvollen Nischen, in dem ich manche gute und manche schlimmste Stunde meines Lebens verbracht habe. Hier verkehrt er. Es ist ein wahrer Genuß zu sehen, wie dieser Achtzigjährige, um halb elf Uhr abends, allein an seinem Tisch sitzt und eine geschlagene Stunde lang ißt; mit frisch geröteten Backen und blitzenden Augen und einem Riesenappetit. Er macht äußerlich den Eindruck, als ob er eben vom Hanteln oder Turnen käme. Der Feinschmecker offenbart sich in der Art, wie er die Speisen, ehe denn sie in seinen Schlund rettungslos verschwinden, bedachtsam, wohlwollend oder leise mißbilligend, prüft; und ein zweites untrügliches Symptom des unterscheidenden Kenners: er »kaut« den Wein. Er ist, mit Riccaut zu reden, »von den Ausgelernt'«. Unter den Geschenken, die ihm jetzt in Berlin gerüstet werden, befindet sich hoffentlich irgendein rarer Achtzehnhundertelfer oder wenigstens Achtzehnhundertvierunddreißiger, eine kostbar-einsame Flasche, wie sie bei seltnen Anlässen aus Bremen nach Berlin bugsiert werden. Ich möchte ihn dann sehen, wie er sie austrinkt.

1. Dezember 1895

Jeder Baum ein Vers

Herrlich war sie, edel, schattig und lachend; jetzt aber, wo klobige Hände die Bäume ausgerupft haben, auf daß sie verbreitert werde, gähnt eine kahle, gemeine Alltagsstraße; und die maßgebenden Kreise werden einen ernsten Beschluß fassen, ob diese gesunkene Straße fernerhin noch als Wandelbahn für jugendliche Übermenschen und Übermenschinnen aus dem nach ihr benannten Viertel zu betrachten sei. O Bürger Berlins, ich sagte nicht zuviel, wenn ich euch Kaffern nannte. Welche Blößen habt ihr euch wieder gegeben.

Weil eine Straße verbreitert werden soll, laßt ihr alte Bäume weghacken. Habt ihr keine Ahnung, was eine Avenue ist? Merkt ihr denn nicht, daß in dem elenden Kasernenmeer dieser nüchternen Stadt jeder Baum wie ein Vers in einem stumpfsinnigen Reporterbericht wirkt? Wißt ihr nicht, daß Verkehrsrücksichten ganz nebensächliche Rücksichten sind? Wißt ihr nicht, daß es einen unendlichen Reiz in den schönsten europäischen Hauptstädten bildet, wenn hie und da eine dunklere schattige Enge eintritt, wo sich die Droschken, Menschen und Pferdebahnen hindurchwinden müssen, wo man lächelnd aneinander anstößt und sich sagt: ja, das sind die gedrängteren Stadtteile! Ihr Kaffern elende, ihr würdet alte, schweigende Wiener Gassen mit vornehmen alten Häusern und dunklen vornehmen Gittertoren ein-

reißen lassen und verbreitern; ihr würdet die Montagne de la Cour in Brüssel abtragen und eben machen, ihr würdet in Innsbruck die alten Laubengänge mit Rücksicht auf Speditions-Fuhrwerke und Möbelwagen beseitigen, ihr würdet in Venedig eine gepflasterte Stromregulierung im Canal grande vornehmen. Kaffrig ist das Hundriesersche Denkmal der Berolina, das einem Polizeigebäude gegenübersteht. Doch so kaffrig dieses Monument ist, so echt ist es. Jahrzehnte mußten vergehen, bis ihr eine wundervolle, grüne, kühle Straße hattet – eine, die ausnahmsweise ein bißchen nach älterer Kultur roch, und tapps macht ihr sie zuschanden. Wenn ihr bloß wüßtet, wie sie auf euch schimpfen, die Edlen, die nach heißen Tagen an kühlen Abenden beieinandersitzen. …

6. Juni 1897

Ende einer Idylle

Wahrlich, Leser, die Potsdamer Straße wird gepflastert, denn sie wird verbreitert. Und niemand ist darum trauriger als die gegenwärtig noch in Berlin weilenden jüngeren Jahrgänge. Denn weil gepflastert wird, können sie über die Liebes- und Lästerstraße kaum mit Anspannung aller Kräfte gelangen. Geschweige denn »schlendern«. Und was das wichtigste ist: eine neue Potsdamer Brücke wird vorbereitet. Das alte hölzerne Brückchen hatte eine geschichtliche Bedeutung. Eine kulturgeschichtliche, denn es war in seiner wurmstichigen Gemütlichkeit ein berüchtigter Treffpunkt für Verliebte besserer Stände. Wenigstens der eine Teil gehörte meist den besseren an. Am Abend um halb neun, auch um halb zehn schlich man da hin. Das einfachste und selbstverständlichste für westliche Leute war schließlich immer dieses Brückchen. Im Dämmerdunkel lagen die etwas morschen Dielen und die Eisengeländer. Kein allzu grelles Licht störte die erwartungsvolle Stimmung;

Wo Kerr flanierte und Fontane wohnte: Die alte Potsdamer Straße vor der Verbreiterung des Damms und dem Fällen der Bäume – Foto, Mai 1897 *Landesarchiv Berlin*

Seite 44/45:
Ende der Romantik: Die neue Potsdamer Brücke mit den Heiligen der neuen Zeit – Foto, um die Jahrhundertwende/Album von Berlin *Deutsches Historisches Museum*

+ A. Alves

und wie ein Kater um die Feuerleitern streicht, also strichen die Westlichen schnurrend – oder, mephistophelisch zu sprechen, »so heimlich-kätzchenhaft-behaglich« – in der Nähe dieser Eisengeländer herum. Da trat sie aus dem Dunkel hervor. Und man ging erst ein Stück am Ufer entlang, dann durch die Regentenstraße, ohne sich dort vom Buddha stören zu lassen, und dann immer am Saume des Tiergartens entlang. Schließlich winkte man einem späten, offenen Taxameter und fuhr langsam, langsam durch die Abendluft, Küsse nehmend, Küsse gebend. Zwei Abende nachher war der Treffpunkt wieder die Potsdamer Brücke. Jetzt wird aus diesem bescheidenen altmodischen Idyllenbrückchen ein neuester, breiter Prachtbau mit komfortabelster schreiender Beleuchtung; und wie zum Hohn auf die schattige, verliebte Dämmerung von einstmals wird durch Figurengruppen »die Erscheinung und Wirkung der Elektrizität zur Darstellung gebracht«. Ein Schriftsteller des achtzehnten Jahrhunderts würde erklären, daß Amor schmollend sein Haupt verhüllt. Ein Feuilletonist des neunzehnten muß feststellen, daß jetzt wahrscheinlich die Victoriastraße zum Treffpunkt gemacht werden wird. Sie liegt ganz in der Nähe und ist wie Gottes Wege dunkel.

25. Juli 1897

Mit Heiligen der neuen Zeit

Bald wird die Potsdamer Straße auch in anderer Hinsicht ein neues Bild gewähren. Und alle anderen Straßen werden ein neues Bild gewähren. Denn keine Pferde wird man vor den Pferdebahnen (hätte ich beinah gesagt) fürder sehen. Es wird auch hier »die Erscheinung und Wirkung der Elektrizität zur Darstellung gebracht«. In den Häuflein, die zwischen den Pferdebahnschienen sichtbar wurden, lag ein traulicher Reiz. Die Erinnerung an das Landleben wurde wachgerufen. Und namentlich im August, wenn der Asphalt glühte, hat mancher in dem tiefen, gesättigten Düngerduft einen Ersatz für die dampfende Sommerfrische gefunden. Auch dieses – hélas, mes amis! –, auch dieses soll schwinden. Wir leben, müßt ich jetzt hinzufügen, in einer schnellebigen Zeit, und die alles nivellierende Ära der Elektrizität macht nicht halt usw. Jedenfalls werden im kommenden Winter viel Würste in Berlin gegessen werden. Die Würste werden im Preise sinken, billig werden, namenlos, namenlos billig. Die direkten Beziehungen zwischen Elektrizität und Volksernährung werden jetzt zum ersten Male klar. Kurd Laßwitz, der Philosoph, hat von einem künstlich bereiteten Allnahrungsmittel geträumt, Chresim genannt, das in künftigen Zeiten, auf elektrischem Wege verfertigt, die Mägen der Hunderttausende füllen und sättigen wird. Noch hat ers nur geträumt. Doch eine Abschlagszahlung zur Verbilligung der Massennahrung hat die Elektrizität schon jetzt geliefert. Mit Recht werden darum den neuen Männern des elektrischen Zeitalters Bildsäulen auf der neuen Potsdamer Brücke errichtet, dem Röntgen und dem Helmholtz. Und neben dem alten Heidentum des Buddhismus findet das neue Heidentum der Wissenschaft in dem gottverdammten Spreebabel unverwehrt eine Stätte.

25. Juli 1897

Im reichen Westen von Berlin

Kleine Stadt des Luxus und der Moden

> Diese elegante Kleinstadt, in welcher alle Leute wohnen, die etwas können, etwas sind und etwas haben und sich dreimal soviel einbilden, als sie können, sind und haben.
>
> 1. Januar 1895

Abends in Gesellschaft

In dieser Woche begab ich mich, zitiert durch eins der bekannten Formulare auf Kartonpapier, abends um die zehnte Stunde in ein befreundetes Haus; eins von denen, die hinter dem kunstvollen Gitter eines Vorgartens, den beschneiten Wipfeln der Tiergartenbäume gegenüber, in stummer, einstöckiger Vornehmheit träumen. Im leuchtenden Glanz der elektrischen Birnen bewegten sich die wohlbekannten Figuren im Gesellschaftskostüm, die man, weil ja Berlin W. eine Kleinstadt ist, überall wiederfindet und unter denen hie und da doch eine seltenere Erscheinung auftaucht. Als man sich um zwölf Uhr »Mahlzeit« sagte, indem man die Reihe der Damen abschritt, sich vor den deutschen Jungfrauen mit den obenherum so liebenswürdig verkürzten Gewändern verneigte und den jüngeren Frauen die Hand küßte (die innere Handfläche, in die kreisrunde Öffnung des Handschuhes) – da fühlte man, weil ja auch der Château d'Yquem und namentlich der Extra dry seine Wirkung tat und das genossene Gemüse, Spargelspitzen mit warmen Trüffelscheibchen, sich mit all dem anderen zu einem seligen chemischen Prozeß vereinigte – da fühlte man, daß man Mensch war, daß man's sein konnte; himmlische Herzensfreundlichkeit, Milde und Wonne bewegte die edlen Seelen der Verdauenden, und eine Stimmung wie »Freude, schöner Götterfunken« und natürlich auch »Alle Menschen werden Brüder!« zog durch die Gemüter, die keinen Wunsch mehr hatten, höchstens den nach Kaffee.

Und dann – das ist mir am meisten eingedenk geblieben – öffnete sich eine Portière, und fünf Damen schritten heraus. Der Pianist Sally Stiefling saß bereits am Klavier und schlug begleitende Akkorde; die fünf Damen, es war die Hausfrau und vier Freundinnen, sangen einen englischen Text und schoben sich dazu in eigentümlicher Bewegung vorwärts, kauerten sich bald

Die Barrisons – gesellschaftsreif für den Westen – Farblithographie, 1896
Deutsches Historisches Museum

nieder, liefen bald hin und her, standen bald tänzelnd auf einem Fleck. Sie hatten rosa Kleider an, blonde Perücken auf, in der Hand eine Puppe, die Hausfrau jedoch ein lebendiges Kätzchen. Sally Stiefling machte von Zeit zu Zeit ein paar Witze auf dem Klavier. Die Hörer rasten vor Wonne, denn jeder einzelne wußte genau, worum es sich handelte: die Damen kopierten die fünf Schwestern Barrison.

Die Barrisons treten bekanntlich seit mehreren Monaten im Wintergarten auf. Jetzt sind diese holden Blüten internationaler Tingeltangelei für den Westen gesellschaftsreif geworden: seit sich die eine, Fifi, beinahe mit dem Grafen Bernstorff verheiratet hätte. Es hat nicht sollen sein, daß sie ihm die züchtige Hausfrau, die Mutter der Kinder wurde; aber eine neue Ära ist seitdem für die fünf Schwestern angebrochen: das schon erlahmende Interesse der Leute ist zu einer Art Fieber geworden. Man gesteht es nicht ein, sie nicht gesehen zu haben; denn es gilt fast für ungebildet. Man summt geflissentlich, um gesellschaftlich zu renommieren, eine ihrer drei oder vier Melodien vor sich hin. Die Menschheit strömt in den Wintergarten; die Fünfmarkplätze auf der Estrade sind von westlichen Damen begehrt, die genauso sorgfältig erzogen und so begütert sind, als es die armen geschminkten Fräuleins auf den Plätzen tiefer unten nicht sind. Man spendet den Barrisons begeisterten Beifall, wie ihn die Sorma und die Sucher nicht stürmischer haben. Und die Riesenplakate mit der Inschrift »Man muß die Barrisons gesehen haben!« scheinen aus dem Herzen der Hörer zu sprechen. Des Pudels Kern bei all dem Lärmen sind fünf junge Damen von mäßig angenehmem Äußeren. Alle gleichmäßig blond vermöge aufgestülpter Perücken; darüber kokette Kapotten. In rosafarbenen Kleidern, die sie wie Schulmädchen mittelkurz tragen, kommen sie angehüpft, jede bald eine Puppe im Arm, bald ein Kätzchen in der Schürze. Sie lassen sich u. a. mit übergeschlagenen Beinen nieder und machen, immer singend, Scherze mit dem Kätzchen, das sie schalkhaft mit dem Kopf aus der Schürze herausgucken lassen. Sie benehmen sich absichtlich wie Kinder und haben nicht das Bestreben, dem Publikum die zierliche Beschaffenheit ihrer Unterkleider zu verbergen. Hierauf beruht sicherlich ein Teil ihrer Wirkung. In diesem raffinierten, halb kindlichen Verfahren steckt für blasierte Gemüter ein prickelnderer Reiz als ihn die einfachen, groben Nuditäten, so an dieser Kunststätte üblich, bieten könnten. Ich bin kein Moralist und habe nicht das Talent, einer zu werden; daß aber dieser ganze Barrisonschwindel etwas unsäglich Abstoßendes hat, viel weniger in der Erscheinung der bedeutungslosen

Tingeltangelmädchen selbst als in ihrer Wirkung auf gewisse Kreise, die sie, wenn auch in dezenter Form, nachahmen, das wird zu sagen erlaubt sein. Und deshalb war ich in der Gesellschaft meiner »Freunde« schließlich verstimmt und tanzte melancholisch, mit gesenktem Haupt.

10. Februar 1895

Der Buddha im Garten

In der Regentenstraße, diesem feinen stillen schmalen Seitenweg des Tiergartens, ist, nicht weit von der schweizerischen Gesandtschaft, dem göttlichen Buddha eine Bildsäule errichtet. In einem kleinen Vorgarten steht der große Heilige seit etwa anderthalb Jahren. Der Besitzer des schweigsamen Villenhauses hat weite Reisen gemacht und einen Gott als Mitbringsel in das Gärtchen gestellt. Der Mann muß sich von den sonstigen Bewohnern der Straße wesentlich unterscheiden.

Bis jetzt ist über das vermaledeite Götzenbild noch kein Lärm erhoben worden. Nächstens wird das hoffentlich geschehen. Denn in einer Stadt, wo das Bemühen herrscht, den mangelnden Kirchenbesuch an immer zahlreicheren Neubauten zu erweisen, darf heidnischer Unfug nicht geduldet werden. Buddha, der siebenhundert Jahre vor Christo von einer unberührten Jungfrau geboren wurde (der große Kirchenhistoriker und noch größere Stilist Carl Hase betont vieldeutig diesen Umstand), Buddha kann nicht auf offener Straße in der Nähe des Tiele-Wincklerschen Hauses, am Wohnsitz eines gottesfürchtigen Hofes geduldet werden. Dem Konsistorium sei er hiermit denunziert.

Auch dem »Reichsboten« und der »Germania«. Diese fallen jetzt über einen armen Buddhisten her und wollen ihn verspeisen. Ein Japaner ist in Berlin Doktor beider Rechte geworden, also auch des Kirchenrechts. Das ist unerhört. Ein Heide kann des römischen Rechts, doch nie des kanonischen Rechts Doktor sein. Ein Heide bleibt vor allem ein Heide. Aber die Redakteure der zwei Blätter wissen offenbar nicht, daß in Deutschland eine ganz Masse Heiden Doktoren beider Rechte sind. Eine ganze Masse Heiden. Und dann: ist es nötig, um Doktor zu sein, gewisse Vorstellungen zu glauben, oder genügt es, innerhalb dieses Vorstellungsgebiets Bescheid zu wissen? Im einzelnen: muß man von der homerischen Mythologie gläubig überzeugt sein, oder braucht man sie nur gründlich zu kennen, um Doktor der Philosophie zu werden? Die Antwort auf das alles ist so selbstverständlich, daß nähere Erörterungen banal sind, aber sie werden trotzdem notwendig. Man muß die wackeren Buddhisten verteidigen.

25. Juli 1897

Verschollenheitsstimmung

Seltsam verfließt das Leben in dieser abendlich dunklen, doch von erleuchteten Fenstern melancholisch bestrahlten Stadt, welche den Westen bildet. Sie ist im Winter, wenn die Nacht herniedergesunken, eine stumme, feine, schwermutvolle Stadt. Und in ihr verbringen wir unser Leben. Wie verschollene Novellen schwebt es herauf. In Dämmerung getaucht; und dann von etwas umzuckt, zwei-, dreimal; und dann schweigend und sehnsüchtig, als ob Seelen abwärts glitten und aus der Ferne noch einmal winkten ... Adieu, adieu. An stillen Ufern träumen einsam holde Straßen, und die stummen, westlichen Häuser ruhen wie im Nebel. Zuweilen aus dem Nebel ein später Kerzenschein – wirkliche Lichter von weißem Stearin, in raffiniert altertümliche Kronleuchter gesteckt –, und ein Klavier und zwei Geigen spielen oben den blödsinnigen amerikanischen Tanz, der in diesem Winter um sich greift. Er heißt the Poast, und in zwei Jahren wird er eine verklungene Erinnerung sein, eine heimgegangene süße Torheit, und in fünfzehn Jahren werden wir graue Haare haben und uns dunkel entsinnen, daß einstmals sechs junge Mädchen um 2 Uhr nachts bemüht waren, einem gewissen Jemand, der viel Champagner getrunken hatte, diesen Tanz the Poast beizubringen. Und der Gedanke wird uns dann aufsteigen, daß es damals entzückend war. In der feinen schwermutvollen Stadt des Westens, zur Nachtzeit, da verbringen wir unser Leben. Gestalten rauschen vorüber, und Klänge verklingen, und Düfte verwehen; und zuletzt werden die Lichter im Kronleuchter ausgelöscht.

Gestern abend, als wir bei Tisch saßen, hatte ich zur Nachbarin eine stille

Villa Tiergartenstraße 28 – Festlichkeiten innen, nach außen Verschollenheitsstimmung – Foto: Waldemar Titzenthaler, um 1910 *Bildarchiv Preußischer Kulturbesitz*

verheiratete Person, mit sehr blassem Teint, schlichten Zügen und goldrotem Haar. So wahr ich hier sitz und schreibe: nicht anders sah sie aus, als ich soeben gesagt. Einmal war mir, als riefe sie der strotzend hochgewachsene Gatte: »Manja!« Manja? Inmitten dieses Berliner Westens hatte der Zufall eine einsame Polin hergefegt. Ringsum wurde berlinisch gedalbert, und sie konnte einem leid tun. Es gibt ja im Westen mehrere Polinnen, aber anfechtbare. Je länger sie hier sind, desto gebrrrrrochener wird ihre Aussprache. Die Sache geht nicht mit rechten Dingen zu. Diese aber war echt. Sie sprach nur mit ganz leisem polnischem Accent. Und sie war nicht von der weichen Sorte; vielmehr von der ernsten Sorte. Ganz unbewußt nur umwitterte sie eine einfache, würdige Melancholie; wie ein Traum über ein Antlitz huscht. Während diskutiert und gedalbert wurde, sprachen wir von polnischer Musik, und sie hatte die Liebenswürdigkeit, mit leiser Stimme, immer in halb unbewußtem Zustand, jene Melodie mir vorzusingen, welche der Polen

eigentliche Nationalweise ist. Sie entstand in der Revolution in den dreißiger Jahren. Es ist nicht die nationale Mazurka auf die Worte »Noch ist Polen nicht verloren«. Es ist ein ernster, weicher, starker Gesang, der mit dem Namen Gottes beginnt. Eine unvergeßliche Trauer zieht sehnsuchtsvoll durch diese Töne und steigt in den katholischen Himmel empor, durch jene tränenreiche Luft, die über der blutgeheiligten Erde Polens schwebt. Und der Inhalt ist nur das immer wiederkehrende, erschütternde Gebet: Herr im Himmel, gib uns unsre Freiheit wieder; gib uns unsre Freiheit wieder! Sie fügte hinzu, daß in Deutschland die Militärkapellen dieses Lied nicht spielen dürfen, obgleich es ein wahrhaft schönes Lied sei.

Auf der anderen Seite saß die Maria Janitschek, und als sie diese einfache Inhaltsangabe hörte, kamen in ihre schwarzen Augen sogleich die Tränen. Und wieder dämmerte jene Verschollenheitsstimmung herauf, die uns alle in der feiervollen Nacht des westlichen Glanzes schwermütig macht, wenn wir allabendlich tafeln und vom Wachen erinnerungstief und weltvergessen sind und wenn sechs junge Mädchen the Poast tanzen. Und ich sagte der Nachbarin, daß ich als Knabe die Reise nach einer kleinen Stadt gemacht, wo ich die Kosaken reiten sah: auf kleinen Pferden mit tief herabhängenden Schweifen. Sie ritten um den Marktplatz, auch am Fluß entlang. Am Marktplatz aber kam ich, mit einem alten Herrn namens Joachim und einem gesetzten Mann namens Boleslaw, in die Weinkneipe von Tarassow, welcher ein Russe war. Und dort tranken wir den ungarischen Wein, schrägüber sitzend von einer goldenen umständlichen Muttergottes und einer ewigen Öllampe. Der alte Joachim erzählte, wie auf diesem Marktplatz in der Revolutionszeit vor seinen Augen die gefangenen polnischen Aufrührer exekutiert wurden; vom Leben zum Tode. Und jeder war ein Held. Schrecklich aber blieb es mitanzusehen, wie man sie der Reihe nach hinrichtete. Die russischen Mörder schlachteten sie, die doch nur den einen Wunsch gehegt: Herr im Himmel, gib uns unsre Freiheit wieder – gib uns unsre Freiheit wieder.

Dies teilte ich der Dame neben mir mit, und es fesselte sie stark. Sie kannte übrigens Tarassows Weinstube, denn der Zufall hatte sie mal drei Wochen lang in diese kleine Stadt verschlagen. So plauderten wir von seltsamen Dingen, und immer stärker dämmerte die Verschollenheitsstimmung. Gestalten kommen und entschweben. In diesem westlichen Berlin tauchen sie auf, verneigen sich, lächeln ironisch oder schmerzlich und verschwinden.

13. Februar 1898

Die Alleen auf und ab

»O wie ist die Stadt so wenig!« ruft man jetzt in Berlin, mit Goethe. Denn manchmal wehen linde Lüfte, wenn es zufällig nicht hagelt, und manchmal erhält man eine Einladung zum Diner im Café Grunewald. Dieses Café ist gar kein Café; sondern eine Stätte verfeinerter Eßsucht, in allgemeinem und gewissermaßen umfassendem Sinne. Ein schlichtes Wirtshaus im »Walde«, darinnen ein dreistündiger Imbiß wohltut; der »Wanderer« erquickt sich an mehreren Löffeln Kaviar, an einer bescheidenen Bachforelle, an einem bißchen Zunge, die gar neckisch unter Champignonhaufen vorblinzelt, an etwas Poularde mit weißem Busen, und die durstige Kehle wird durch einen köstlichen Trank Pommery Gréno erfrischt. Als Goethe die Musen und Grazien der Mark verhöhnte, ließ er den Jüngling begeistert ausrufen: zu dem Dörfchen laßt uns schleichen, mit dem spitzen Turme hier, – welch ein Wirtshaus sondergleichen, trocknes Brot und saures Bier! Die Zeiten haben sich geändert. Die edelsten Familien, die im Grunewald wohnen, nehmen in diesem Wirtshaus zuweilen ihr Mittagsmahl. Andre aus Berlin fahren mit ihren Gästen auf Gummi hinaus, und es ist sehr angenehm, so gegen 3 Uhr im offenen Wagen zu sitzen, etwas müde von der Frühjahrsluft, und den Kurfürstendamm leise plaudernd entlangzurollen. Sehr angenehm. Dann nach vollendetem Mahl steigt man wieder ein; und wie die abendfrische Luft um die vom Sekt erhitzten Backen streicht, das ist wieder sehr angenehm. Man kann gewissermaßen sagen: es ist besonders angenehm.

Wagenfahrten in der Mark haben überhaupt ihr Gutes. Es gibt solche, und es gibt solche. Zu der zweiten Art zähl' ich diejenigen, die man gelegentlich bei seinen Freunden auf ihrem Landgut zu nächtlicher Weile unternimmt. Man fährt da um ein Uhr durch den Wald; manchmal, o du meine Güte, auf dem Wagen, der die blechernen Milchgefäße nach der nächsten Bahnstation bringt; es ist stockdunkel, die Pferde rasen gespensterhaft durch die finsteren Wunder des Nadeldickichts, schmale Waldwege entlang, der Kutscher sitzt nur da, ohne zu lenken, die Gäule sehen den Weg, sie galoppieren, hurre, hurre, hopp-hopp-hopp. Man wundert sich, daß die Milch nicht zu Buttermilch wird; und tief erschüttert, doch in einer eigentümlichen Seligkeit kommt man um halb drei an. Alle Knochen befühlt man, sie sind ganz und vollzählig. Viel weniger abenteuerlich und bequemer sind doch die Verdauungsfahrten auf Gummi, wenn die goldene Abendsonne voll unvergänglicher Poesie auf die im Bau begriffene Villa des jungen Bleichröder fällt. Er läßt sich nämlich eine errichten, um neben der Berliner Stadtwohnung und der Charlottenburger Villa allenfalls einen Unterschlupf zu haben. Dicht am Wege liegt sie, und die Insassen der Gummivehikel singen andächtig, wenn ihre Zinnen in die letzte Glut getaucht sind: »Gold'ne Abendsonne, wie bist du so schön, wie Kanone Wonne deinen Glahanz ich sehn.« Wir jagen die Alleen auf und ab, und es ist wirklich wundervoll, wie die laue Luft um das Gesicht streicht. Reizvoll entfernen sich die Wagen voneinander, man stellt Vermutungen an, in welcher Allee man sich wieder begegnen wird, und eine junge Frau erzählt indessen von demjenigen Teil ihres Lebens, den sie in Boston verbracht. Sie findet die Berliner Verhältnisse etwas ruppig. Dort drüben hatte man vierzehn Dienstboten im Hause, und jeder Dienstbote hatte sein besonderes Badezimmer. Hier dagegen – na! Man hört ihr zu, mit tiefem Interesse, und zuweilen steigt eine Erinnerung an den Sekt und an die Champignons empor.

10. April 1898

In der Oper – vormittags

Es ist sehr reizvoll, am Vormittag im Opernhaus zu sitzen. Viel reizvoller als am Abend. Und es ist sehr reizvoll, eine Symphonie-Probe mitzumachen. Viel reizvoller als die Hauptaufführung. Wahrscheinlich, weil das so reizvoll ist, ist das Opernhaus am Vormittag immer ausverkauft. Das Orchester ist verschwunden, und vier Reihen hundsgemeiner Holzstühle werden an seine Stelle gesetzt, damit mehr Hörer Platz finden.

Auch auf diesen Küchenstühlen knistern dann und rascheln die bastseidenen Röcke. Beim Anlehnen an das harte Holz hört man das leise Krachen der Korsettstangen oder des Gürtels (ich habe mir den Kopf zerbrochen: ist es der Gürtel, oder sind es die Korsettstangen?); und wenn eine feiervolle lange Fermate eintritt und jene selige Stille herrscht, wo man vorübergehend die Ewigkeit rauschen hört, ganz in dämmernder, versunkener Ferne: dann spürt das musikalisch geübte Ohr, von rechts und von links, einen wie tiefen und gewaltigen Hunger diese Vormittagsstunden erregen. [...]

Oben auf der Bühne steht der jugendschöne Kapellmeister Felix Weingartner. Und um seinetwillen ertragen sie das Schlimmste. Selbst Beethovensche Symphonien. Von neuem ist die leidenschaftliche Teilnahme aller einschlägigen Kreise diesem begabten Manne zugeflogen, seit er sich den Vollbart abnehmen ließ. Mit dem glatten Gesicht sieht er aus wie zweiundzwanzigeinhalb. Manche behaupten zweiundzwanzigeinviertel. Mit leuchtenden Augen blickt er in die Welt. Aber man sieht ihn meistens von hinten; wie das in der Natur der Sache klar begründet ist. Da sich also die Hörer während des Dirigierens nicht an sein Gesicht halten können, halten sie sich an seine Rockschöße. Diese sind auffallend lang und symbolistisch. Sie wallen bis unter die Kniekehlen und verschaffen der ganzen Gestalt eine unerhörte lange Schlankheit. Sie wirkt in Wahrheit schlechterdings symbolistisch. Man gebe dieser Erscheinung im langen, schmalen, dunklen, tiefen Rock einen Lilienstengel in die Hand und veranlasse ihn, den Kopf ein wenig zu senken: so ist ein Bildnis fertig, dessen Umrisse Thomas Theodor Heine, dessen Antlitz Ferdinand Khnopff oder irgendein toter Präraphaelit gemalt hat. Und, bei Gott, das symbolistische Aussehen ist jetzt sehr verbreitet. [...]

Um zwölf Uhr strömen immer die westlichen Leute in das seltsam dämmerige, einsam gähnende Opernhaus. Die Mystik liegt in der Luft, obgleich es nur zwei Mark Entree kostet. Warum kommen die westlichen Leute in diese Proben? Die Proben gelten jetzt für feiner als die Aufführungen. Außerdem ist hier eine unübertreffliche Gelegenheit für jüngere Menschen, die verliebt sind, sich zu treffen. Auch die bestbewachten Mädchen dürfen vormittags allein in die Oper gehen. Abends nicht. Die hinteren Parkettreihen liegen aber in tiefem Schatten, und man kann sich die Plätze nach Belieben wählen. Es ist alles noch vorteilhafter als in den Philharmonischen Proben. Ewig schade, daß die Logen verschlossen bleiben. Aber es geht auch so. Die königliche Kapelle ist sehr stark und hat eine mächtige Tonfülle, so daß es jedem Besucher freisteht, zeitweilig laute Worte zu reden, ganz ungeniert, ohne daß sie von jemand anderem gehört werden, als an den man sie richtet. Richard Straußsche Dissonanzen, Mahlersche Fortemusik und gewisse Wagnersche Partien sind hervorragend zweckmäßig. Wer nur ein bißchen geschickt im Fallenlassen des Programms ist, kann auch beim Aufheben bequem eine Hand küssen; natürlich nur, wenn es ihm Vergnügen macht; denn nicht alle lieben diese wesenlose Abschlagszahlung. So vergehen vier Symphoniesätze im Fluge. Selbst Schuberts himmlische Längen ermüden im geringsten nicht. Und wenn dann die Pause kommt, hat man sogar genügend Fassung gefunden für ein entschiedenes Urteil über das aufgeführte Werk und über die Aufführung. Wunderliebliche Reden werden laut. »Die c-moll-Symphonie von Brahms ist nach meiner Überzeugung mehr wert als alle Beethovenschen Symphonien.« Na, und so weiter. Dann setzt man sich wieder hin, für die Eroica. Hier und da das Phosphorleuchten eines violetten Gewandes, auf welches ein Lichtstrahl fällt. Oben immer die dunklen, tiefen, schmalen, langen, symbolistischen Rockschöße des Meisters. Die Brahmssche Symphonie bringt er in Wahrheit hinreißend heraus, und auch jetzt die Eroica schwer übertrefflich. Als es aber dreiviertel zwei schlägt, ist alles zu Ende. Aus der mystischen Katakombe strömen sie hinaus in die sonnendurchflutete herrliche Luft. Mit zwinkernden Augen stehen sie noch eine Minute vor dem Haus, ein plappernder, summender, lachender Schwarm, und sehen blinzelnd ins Licht und schütteln sich die Hände. Noch ein Abschied; noch eine Verabredung; noch ein Blick. ...

28. März 1897

Sehnsucht nach Musik

Gelegentlich einem Konzert beizuwohnen ist gelegentlich schön. Jetzt kommt die Zeit dafür. Schumann sagt: Ich wüßte nichts Schöneres als ein Konzert, es sei denn die Stunde vor demselben. Er hat recht. Die Musik zeugt Wunder in der Seele eines Großstadtmenschen, der selten flüchten kann in dunkle, erinnerungstiefe Abgeschiedenheit. Doch ebenso wirkt, was drum und dran hängt, wundersam. In Theaterhäusern ist keine Poesie, wenigstens an der Spree: immer die gleiche, laute, berlinische Bande mit der dünnen Beseeltheit und dem nüchternen Überwitz. In der Pause allgemeiner Brötchenfraß, schnabbrige Bemerkungen, Vordringlichkeit.

Doch über dem versteckten Haus hinter den Bäumen des Kastanienwäldchens, Singakademie beibenannt, schwebt ein ferner Schimmer von Märchenreiz. Die Menschen sind zurückhaltender, seelisch feiner, schweigsamer. Mehr junge Mädchen; melancholischere Stimmung; etwas Entgleitendes, Entschwebendes, Umschleiertes. Halblaute Stimmen, gedämpftes

Summen noch in dem Raum, wo Abendmäntel und Spitzentücher den verwitterten Garderobenfräuleins übergeben werden. Eine verschollene Novellenstimmung im Saal, dem länglich-schmalen, mit der Orgel im Hintergrund und den altmodischen Logen im Hochparterre. Eine gesänftigt-phantastische Welt steigt auf mit leiser Magie. Man erwartet, etwas zu erleben. Sterne in mattem Glanz strahlen nieder auf die klappernden Sitze. Nebel taucht aus den Seelen, umhüllt alles und läßt sogar die Anwesenheit des Konzertagenten Hermann Wolff wohltuend vergessen. Ich wüßte wahrlich nichts Schöneres als ein Konzert, es sei denn die Stunde vor demselben.

Die Musikkritiker der Zeitungen berichten, was gesungen, was gespielt worden ist, ob's gut, ob's schlecht war. Worauf es eigentlich ankommt, davon schreiben diese Musikkritiker nichts. Unterschlagen die Novellen. Melden nichts von der dämmernden Sehnsucht, die vor den Toren durch die Luft zieht, wenn die Abendgänger im Novembermondschein die Steinstufen

Die Zeltersche Singakademie hinter dem Kastanienwäldchen, 1821 nach einem Entwurf von Schinkel erbaut – Foto, um 1930 *Ullstein Bilderdienst*

hinaufgehen und hinter erleuchteten Fenstern eine Frauenstimme und Geigenlaute hören wollen. Sie gleichen den geschwätzigen Kunstrezensenten, die von Bildern mitteilen, ob sie die pastose Pinselführung zeigen; die aber nichts zu sagen wissen von seelischem Erlebnis, vom Eindruck, von anklingenden Phantasien. Welcher Maler könnte die Novellen malen und die Humoresken, die ein Musikraum gebiert? Noch wenn es die gemeine, prosaische, elende Philharmonie ist, erwachsen Typen und Szenen, die kein Pinsel je festhielt. Der Maler müßte ein Gemisch sein von Giorgione, Goltzius, Boldini, vom Freiherrn von Habermann – und wenn Skarbina dreimal so voll und tief wäre, als er ist, könnt' er dazu eine gewisse, allgemeine Stimmung malen.

In der Philharmonie herrscht Realismus. Ein geistlich Werk wird durch westliche Damen gesungen. Andere sind auch dabei. Gott sei gepriesen. Ein großes Orchester. In der Höhe wie auf einer Säule ein kleiner Dirigent, die Hände bald gegen den Chor gerungen, bald gegen die Instrumente. Fette Damen, in grauseidenen Kleidern, ein Lorgnon auf der fleischigen Nase, stehn vorn auf dem Podium und singen; in der Pause naschen sie. Uäh, uäh! Richard Wagner war für das verdeckte Orchester: ich bin für den verdeckten Chor. Doch eine steht links, ein Mädel von neunzehn Jahren, aschblondes Haar, rosa Kleid. Scheint eine Rektorstochter oder Organistentochter. Sie hat dunkle Augen und ragt aus allerhand Tannenzweigen vor, die ihre Füße umhüllen. Wie die Astarte des Gabriel Max scheint sie zu schweben. Dabei hat sie die Sicherheit einer jungen Berlinerin: und mahnt doch an Astarte. Es ruht auf ihr so viel Keuschheit: und doch zeigt sie, die Kröte, eine herbe Koketterie. Man könnte für sie sterben. In den letzten Reihen singen alte Lehrerinnen, sehr musikalisch und treffsicher. Sie fühlen tief; das Gesicht ist wie besinnungslos hintenübergebeugt, mit einem epileptischen Ausdruck. Seitwärts die holländische Schönheit ohne Gnade, die wohlbekannte, die Finanzfrau, mit der seltenen Profillinie; mit dem feinen Mund, den sie nie zu weit öffnet. Im Parkett? Alte, schöne Damen, Aristokratie, auf dem weißen Haar zuweilen eine schwarze Maria-Stuart-Haube. Zwischendurch hysterische, blasse Offizierstöchter mit wundervollen Zügen, in denen die krankhafte Sehnsucht zur Musik liegt.

Nachher strömt alles langsam in die Garderoben. Manche tun benommen. Sie lassen sich Abendmäntel umlegen, stampfen abwesend in Gummischuhe. Die meisten blicken, als ob sie eine Freundin suchten. Wollen noch gesehen werden. Dann kommen die epileptischen Lehrerinnen heraus und die fetten Grauseidnen. Doch die Organistentochter, die aschblonde, ist weg. Ist weg. Auf der Bernburger Straße ein letztes Aufleuchten, ein Aufklingen, eine Erinnerung. Am Potsdamer Platz ist alles vorbei. Ich wüßte nichts Vergänglicheres als die Stunde nach einem Konzert.

27. November 1898

Wen man im Theater trifft

Jedes Berliner Theater hat seinen besonderen Hörerkreis. Im Königlichen Schauspielhaus ruht über den Hörern ein feiner, zarter Hauch von Ichweißnichtwas. Es ist der süße, zitternde Blütenstaub paradiesischer Unschuld des Geistes und Gemüts. Die jungen Mädchen sind hier am holdesten, zahlreichsten und dümmsten. Sie werden in dieses Theater lieber als in irgendein anderes geführt, weil es am tugendlichsten ist. Und sie bewundern schwärmerisch und verehren, ohne es allzusehr merken zu lassen, den kompakten Gliederbau des hübschen Herrn Matkowsky. Der Rest ist ein Milieu von militärischen und rustikalen Elementen, versetzt mit Beamtentum und abonnierten reichen Spießbürgern. Im Residenz-Theater ist alles versammelt, was die angenehme Gewohnheit des »Lebens« in intensiverer Weise als die übrige Menschheit ausübt. Auch junge Mädchen erscheinen dort, aber sie sind meist ohne Anhang, und sie haben eine Vorliebe für gefärbtes Haar. In den kleinen Seitenlogen sitzt hie und da eine bekannte »Schauspielerin«, die wegen ihrer hervorragenden Begabung für die Bühne ein Monatsgehalt von neunzig Mark bezieht und wöchentlich dreihundert ausgibt. Da Berlin W. eine Kleinstadt ist, kennt man die näheren Verhältnisse in jedem einzelnen Falle genau: nicht nur den Namen des gütigen Gebers, sondern auch die Höhe des stipulierten Monatsbetrags. Im Lessing-Theater haust die Börse. Es ist ein großes Verdauungslokal. Aus der Lichtensteinallee, aus der Rauchstraße, aus der Tiergartenstraße rollen die Equipagen gegen halb acht zum Kronprinzenufer. Es liegt sich sehr gut auf den Polstersesseln des netten Hauses. Oskar der Geriebene mit dem Beinamen Blumenthal hat mit Voltaire einen Zug gemein (bitte: einen!), daß er jedes Genre duldet außer dem ennuyeusen. So hat man eine gewisse Garantie, daß der halbschlummerartige

Zustand, der sich nach dem Essen einstellt, sympathisch verläuft. Im Gegensatz zu allen diesen Theatern läßt sich das Publikum des Deutschen Theaters nicht mit zwei Worten kennzeichnen. Die Hörer können nicht ohne weiteres rubriziert werden, weil hier Elemente aus dem Stammpublikum aller anderen Theater zusammenkommen und sich mit der stehenden Gemeinde literarisch Interessierter zu einem Ganzen vermischen.

Eine bestimmte Reihe von Menschen ist in *allen* Premièren mit Regelmäßigkeit zu treffen. Wichtigere Theaterereignisse können nicht stattfinden, ohne daß gewisse Rechtsanwälte, gewisse Theateragenten, gewisse Bankiers, gewisse Künstlerfrauen, gewisse Verleger anwesend sind. Ohne den bekannten Rechtsanwalt Michaelis gibt es überhaupt keine Première. Fritz Friedmann erscheint seltner, aber immerhin häufig genug, und sein unscheinbares Gesicht mit dem etwas breiten, grau melierten Schnurrbart sieht über die Brüstung des ersten Ranges so harmlos und gutmütig ins Parkett, als ob er noch nie einen Staatsanwalt an die Wand gedrückt hätte. Ein kleiner dicker Mann mit kurzgeschorenem Vollbart, einer Brille und einer Gattin ist immer anwesend: Entsch. Er ist die Hoffnung zahlreicher deutscher Dichter, die von Vorschüssen träumen, und er hat ein Recht, so wohlgenährt zu sein, da er jährlich sechzigtausend Mark aufessen muß. Der Verleger von Wildenbruch und Julius Stinde schreitet quer durch das Foyer, ein Kahlkopf mit glattrasiertem Römergesicht. In ihrer Orchesterloge sitzt Frau Begas, die Gattin des Bildhauers, die selten fehlt. Sie ist das Urbild einer orientalischen Schönheit, trägt einen weißen runden Hut wie die Yvette Guilbert und lacht über das ganze Parkett weg. Fräulein Else von Schabelsky, die ehemalige Freundin Paul Lindaus, sieht wie eine Lehrerin aus; sie hat ihre dünnen blonden Haare einfach in der Mitte gescheitelt und blickt durch den Kneifer auf ihrer kleinen Stumpfnase nervös und hastig vor sich hin. Sie spricht vorübergehend mit Maximilian Harden, der seit einiger Zeit kein ständiger Gast mehr im Theater ist und sich aus Abneigung gegen den Premièrenpöbel in die gesichertere Zone des ersten Ranges zurückgezogen hat. Er ist klein, glattrasiert, das Gesicht halb ironisch, halb verbissen, der Anzug sitzt ihm wie angegossen, und das kurze Jacket verleiht ihm etwas Knabenhaftes, Jugendliches, das durch die raschen Bewegungen gesteigert wird und seine zweiunddreißig Jahre Lügen straft; bei näherem Zusehen zeigt sein gewecktes, lebendiges Gesicht immer einen Zug vom ungezogenen Jungen. Still und korrekt sitzt ihm gegenüber in seiner Loge Herr Karl Frenzel, der wie ein alter Küster aus dem vorigen Jahrhundert aussieht, mit dem bis zum Nacken reichenden, geschlichteten grauen Haar und dem bartlosen Gesicht, das einen affektiert-gleichgiltigen und geordneten Ausdruck zeigt. Hans Hopfen streicht sich mit der linken Hand über den gepflegten rötlich-grauen Vollbart, und mit seinem gütigen, humorvollen Lächeln blickt er durch die Gläser der goldnen Brille zur lieben Frau hinab, die wesentlich stärker geworden ist als damals, wo sie im Breslauer Lobe-Theater als Mary Milton Soubrette war. Fritz Mauthner, der magere Schwarze mit dem länglichen Bart und der ewig am Kragen emporrutschenden Kravatte, begrüßt einen großen dicken Dreißiger mit kleinem, blondem Schnurrbart: Otto Erich Hartleben. Ein kleiner knochiger Mann mit rötlichem Haar und Sommersprossen, Conrad Alberti, geht vorüber und streift mit dem Ärmel den Dichter der Jugend, Max Halbe, der zum Buffet strebt, einen mittelgroßen Blonden mit Schnurrbart und Fliege, von blasser Gesichtsfarbe und sympathischem, etwas nervösem Ausdruck. Spielhagen, der mit dem hängenden grauen Schnurrbart und der leicht vorgebeugten Haltung des Kopfs einem Diplomaten gleicht, unterhält sich mit Erich Schmidt, dem Literarhistoriker, dessen hohe Gestalt ihn überragt und der als Urbild kraftvoller und durchgeistigter Männlichkeit erscheint.

Dann kommt noch eine ganze Reihe von Notabeln; dann die kleineren Journalisten alle, dann endlich die Menge, der elegante Troß aus allen Gesellschaftsschichten. Monocles und langgestielte Schildpattlorgnetten, cremefarbene Spitzen und weiße »Serviteurs«, blonde Ponyfransen und glänzende Glatzen. Was dahintersteckt, ist leider Bosheit und Blasiertheit, im besten Fall Neugierde. Wahrscheinlich würde eine Umfrage in allen europäischen Hauptstädten ergeben, daß das Berliner Premièrenpublikum die schlimmste Sorte ist. Es geht nicht bloß mit kritischer Kühle zu Werke, sondern in brünstiger Sehnsucht nach Radau. Es sieht in dem Autor ein zu bekämpfendes Wesen und freut sich insgeheim auf seine Niederlage. Es ist bereit, das Gewohnte als banal zu erklären, aber ebenso bereit, das Ungewohnte sofort auszulachen. Die größenwahnsinnige Neigung zu blasiertem Absprechen und die tiefeingeborene Hausbackenheit der Gesinnung, der das Nächstliegende im Grunde das Liebste ist, sind die Pole, zwischen denen sich diese Hörerschaft bewegt. Man kennt die Namen der Lacher, Skandalmacher, Witzbolde nicht – die Notablen verhalten sich indifferent –, man kann sie nicht fassen, nicht einmal sehen; sondern wie ein Volkslied der sogenannten

»dichtenden Volksseele« entspringt, ist hier eine obskure Gesamtheit von Faktoren unkontrollierbar an der Arbeit. Wehe dem Künstler, der ihnen preisgegeben ist.

20. Januar 1895

Der Umweg zur Kunst

Der schlimme Schopenhauer meinte, daß für den Deutschen ein Spaziergang einen Umweg ins Wirtshaus bedeute. [...] In Berlin war die Kunstausstellung am Lehrter Bahnhof von je ein durchtriebener Vorwand zum Biergenuß; sie wird es wohl bleiben. Jetzt ist sie frisch eröffnet worden, und es herrscht Leben und Bewegung dort, namentlich im Garten. Die Genüßlinge und Interessierten gehen vormittags hin, am liebsten an drei Vormittagen innerhalb der ersten vier Tage; denn sie halten es mit der Ausstellung wie mit den jungen Gänsen, die sie nur in der allerallerfrühesten Zeit essen, wenn sie ihrem Ruf nicht schaden wollen. Die anderen aber – die im lokalen Teil der Zeitungen so häufig vorkommenden weiteren Kreise – kommen gegen Abend. Da ist es sehr lustig. Und der Park ist auch ein Park, wie man ihn nicht alle Tage findet. Er verfügt sogar über mehrere Bäumchen. Der beiden Rasenflecke und des Teichs, hm, gar nicht zu gedenken. Und über all der üppigen Vegetation fahren, ein unvergeßliches Bild, die Lokomotiven der Stadtbahn dahin, alle drei Minuten eine, und senden Ozon und Würze zu den drunten in Schönheit Wandelnden.

Die Wandelnden sind Familien aus der Elsasser Straße im hohen Norden oder aus der Bellealliancestraße im wilden Südwesten, die mit Mann und Maus hingepilgert sind und manchmal Buchholz heißen; es sind Radfahrer im Kostüm, Ruderer im Kostüm, Börsenjünglinge (in schlichtem Zivil), kleine Spießbürger handlungsdienenden Standes mit ihrem Verhältnis, Lieutenants, welche den mammonschweren Töchtern aus der Rauchstraße, Tiergartenstraße und Lichtensteinallee den Hof machen, zuweilen ein Couleur-

Szene am Lehrter Bahnhof (rechts) mit Kolonialmuseum (links), dem Landesausstellungsgebäude (Mitte) und den Schleppkähnen auf der Spree. In den Ausstellungen am Lehrter Bahnhof war wohl der Kaiser, aber nicht die »Sezessionisten« zu sehen – Foto: Stengel, um 1895 *Bildarchiv Preußischer Kulturbesitz*

student, zuweilen ein grauhaariger Amtsgerichtsrat mit Familie, der aus Tilsit Logierbesuch bekommen hat und ihn ausführen muß, blonde Backfische mit Zöpfen und Matrosenkragen, befreundete Sekundaner, welche den Anschein erwecken möchten, als ob sie ohne ihre Eltern da wären, Gigerln mit weißen Blumen im Knopfloch und Armbändern um die Handgelenke, Blumenverkäuferinnen, Streichholzmädchen in Vierländerinnentracht, alte Herren mit diplomatischem Gesicht, die sich immer nach den Vierländerinnen umsehen, Kellner, Künstler, einsame Fräuleins, Familienväter, Provinzonkels, Ammen, Hunde – alles drängt sich, schiebt sich vor den zwei Orchestern vorbei, welche die Pole der großen Promenade bilden, lacht, winkt, ruft, schwitzt, grüßt, dankt, flirtet und berechnet. Und man geht in die von Künstlerhänden gezierte Osteria, deren gemalte Witze man längst auswendig kennt, man geht in die »Klause«, wo man alles haben kann, bloß keine Luft,

man geht (wenn man Buchholz heißt) in die Ausstellungsweißbierkneipe, man setzt sich auf einen Augenblick in das Wiener Ausstellungscafé, man läßt sich vor den Orchestern von der Menge nochmals auf die Zehen treten, nimmt im Vorübergehen an einem kleinen Pavillon ein Paar Heffterschen Würstchen, an einem andern ein Glas spanischen Weins, läßt sich im dritten fotografieren, setzt sich schließlich in das Hauptrestaurant und trinkt Bier oder geht in die noble obere Abteilung, wo an jedem Tisch auf dem Dreifuß ein Champagnerkühler strahlt und, je nach Jahreszeit, von feisten weißen Fingerchen Krebse entblättert oder anatomische Versuche an Krammetsvögeln gemacht oder Austern geschluckt werden. Und wenn man eine gewisse Abwechslung genießen will, geht man zum drittenmal mit dem Strom vor den beiden Orchestern vorüber und sucht die Gesichter von vorhin wiederzuerkennen. Wenn man sich dann noch langweilt, kann man durch Anschütz' vervollkommneten Schnellseher blicken oder sich ein Veilchenbouquet kaufen. So geht dir das Leben gar lustig hin. Es soll auch Bilder in der Ausstellung geben.

5. Mai 1895

Verspäteter Frühling

Es ist wieder Frühling. Am Boden zwar rascheln die bekannten braungelben Blätter, die in Novellen so auffallend häufig vorkommen. Aber die Luft ist lind, und es ist Frühling. Mit gehobenen Empfindungen und aufgeknöpftem Jacket gehen durch die Gänge des Tiergartens noch einmal vor dem Abschied junge Mädchen, und sie lassen sich küssen. Von der linden Luft zunächst. Sie küßt ihre Wangen, sie küßt ihren Hals; und unter den lauen Wehen erschauern sie. Sie unterlassen es in der Tat selten, zu erschauern.

Sie finden jetzt, es sei zum Spazierengehen »solche schöne Zeit«. Und sie erinnerten sich nicht, daß solcher schöner Herbst je dagewesen. So streichen sie mit Vorliebe, zu zweien untergefaßt, um das Denkmal der Königin Luise, wo ganze Haine in Rotbraun von der gewissermaßen südlichen Luft gefächelt werden. Und ein Spaziergänger hört allerhand seltsame Bemerkungen über diese heilige Frau, wie sie Ernst von Wildenbruch in preußischer Religiosität getauft hat. Ein großer Teil stößt schwärmerische Ausdrücke in die weiche Atmosphäre. Doch es gibt andere, die eine Art Eifersucht fühlen. Sie werden beinahe heftig, wenn man die edle, legendenhafte Königin lobt, und vermuten derb, daß sie auch menschliche Regungen gekannt haben wird.

Was ich sagen wollte: manchmal geht man in diesen späten Frühlingstagen auch vormittags um 10 an den stillen Gewässern des Lützow-Ufers entlang; an grünen abgedachten Rasenflächen vorbei, bis zur Schleuse mit ihrem weißen Strudel; und über die Schleuse hinaus auf einsamen Wegen, wo alte Riesenbäume sich im grünen Wasser spiegeln und die braunen Blätter nicht weggefegt sind. Da erwägt man, leise beschwipst durch die Frühlingsluft, ob es nicht mal wieder nützlich, passend, angenehm wäre, den ganzen Berliner Krempel mit einem kleinen Fußtritt im Stich zu lassen und irgendwo in einem Dickicht zu hausen. Was braucht man viel? Ein Haus im Dickicht, eine Bibliothek, einen Flügel, ein Pferd, einen Hund, ein Weib. Das wird doch noch zu haben sein. Und gelegentlich erhält man dann einen Brief von einem Freunde, tröstsam und heiter und saftig gehalten, und man vergißt in dieser räumlichen Entfernung, daß der Freund in der Nähe auch ein Halunke ist, und lacht herzlich. Im übrigen spielt man Beethoven, besonders die Scherzi, redet nicht mit den Bauern auf zwei Meilen im Umkreis, weil sie gleichfalls Schufte sind, liest alles, was Gerhart Hauptmann jeweilig drucken läßt, und schreibt ihm dann einen Brief; Kritiken aber veröffentlicht man nicht mehr. Abends stöbert man im Don Quixote. Ewigkeitsperspektiven öffnen sich. Morgens reitet man aus, wie dunnemals, als man in brandenburgischem Kieferngelände auf einer Trakehnerstute gezwiebelt wurde. Fäuste abrunden! Hacken herunter! Fußspitzen nach innen! Ellbogen an Leib! Schenkel ran, Schenkel ran, laufen, was er laufen kann! Man ist in Luft gebadet, und die Pferde scheinen erhöhtes Daseinsbewußtsein zu haben. Wir alle haben es. Nach vier Stunden aber, beim Absteigen, zweifelt man, ob sämtliche Knochen vorhanden sind; man zieht das Schnupftuch, um sie zu sammeln. Beim Gehen torkelt man. So müßt' es wieder sein, alle Morgen. Bloß allein.

Und das Weibsbild müßte einen Schuß Mozart in sich haben. Eine Musik im Wesen. Schalkhaft und lind. Und dürfte nicht umfallen, wenn sie eine Balgerei mit ansieht. Mit einer fernen Buchhandlung müßte man in Verbindung stehen, die einem frische Geisteswerke sendet. Und man hätte das Glück, die Bücher zu lesen, ohne die Urheber sehen zu müssen. Über dem Eingang des Hauses aber würden die wundervollen Judenverse stehen:

Gott mög' mich benschen,
Ich soll nicht brauchen *Menschen*!

Benschen heißt segnen und kommt wohl von bénir. Ja, bei solchem Dasein könnte man am Ende das große Rauschen deutlicher hören, das über uns schwebt, und mit tieferem Bewußtsein der langsam andämmernden Vernichtung entgegenziehen. Nur von Zeit zu Zeit müßte man in die Welt eilen, den Eitelkeitsmarkt betreten, mit der Bande leben, mit der Bande sich balgen, Taten tun, jedem Kohlhaas helfen, jeden Vogt aufspießen und dann dreimal spucken und verschwinden. Das müßte man. Die Beschwipstheit dieser Frühlingsluft läßt solch ein Ziel ganz nah erreichbar scheinen. Wenn aber die Uhre sieben schlägt –

30. Oktober 1898

Im Hofkostüm

Jetzt in der Winterszeit, wo Hofbälle stattfinden, sieht man erfreulicherweise auch manchmal allerhand interessante Trachten. Nämlich Hoftrachten, die Privatleute tragen müssen. Diese Privatleute sind zu den Bällen befohlen und kleiden sich, wie es die Vorschrift heischt. Neulich waren wir gegen acht Uhr bei Kaffee und Zigaretten nach dem Essen in einem sehr sympathischen westlichen Haus beieinander. Der Hausherr empfahl sich, er mußte zu Hofe. Und da sah ich eigentlich zum ersten Mal so ein Privat-Hofkostüm *ganz* in der Nähe. Es ist sehr hübsch. Aber eigentlich nur dann, wenn der Träger sehr hübsch ist. Wie in dieser Welt überhaupt alles »eigentlich« ist – das hab' ich längst 'raus! Jedenfalls aber hatte unser Hausherr folgendes an. Er trug einen seidnen, schwarzen Rock, mit zierlich schlank geschnittenen Schößen à la achtzehntes Jahrhundert. Oben kam unter dem Kragen ein feines crèmefarbiges Spitzentüchlein hervor; es war ein Jabot. Die Höschen gingen bis an die Knie, nicht tiefer. Schwarze Strümpfe ließen die Waden in vollem Umfang, soweit der Umfang voll war, sehen. Und ein Degen an der Seite ergänzte und beschloß wirkungsvoll das Ganze. Kinder, sagte ich, der Geist unserer Zeit, der ganze Geist des gegenwärtigen Deutschlands kommt in diesem munteren Kostüm zum Ausdruck. Es ist ein ungemein munteres Kostüm, sagte ich. Munter und anregend und aus schwarzer Seide. Und oben auf der rechten Brustseite erblickte ich neben dem Kronenorden vierter Klasse und neben dem roten Adlerorden (der gleichen Rangstufe) auch jene an orangefarbenem Band getragene Metalldekoration [den Apfelsinenorden], von der wir oben gehandelt haben [...].

20. Februar 1898

Dora auf dem Eis

In Berlin ist es Winter geworden. Auf den künstlichen Eisbahnen wird gegossen. Die heiratslustigen und liebesehnsüchtigen Töchter des Westens haben Schlittschuh' am Arm hängen, wenn sie ihre Bleichsucht spazierenführen. Und der Sportplatz am Zoologischen Garten, dieser langhingestreckte Vorwand zum Anbandeln, ist belebt von teutschen Mägden und (wie der selige Paul Lindau sagte) Günglingen. Die Günglinge denken an die Mitgift, die deutschen Mägde an andere Annehmlichkeiten. Sie, die Mägde, haben noch Ideale. Am Rande aber wackeln Mütter und Tanten, verfolgen Dora, soweit es geht, mit der langgestielten Lorgnette, verfolgen auch die Mienen des Kavaliers, soweit es geht, und nähren im Busen allerhand Gedanken voll zärtlicher Kuppelei. Dora ist in den meisten Fällen etwas gerissener als Mama und kann von ihr keine Ratschläge brauchen. Welches Verhalten zu beobachten ist, während der Güngling und Kavalier ihr die Schlittschuh abschnallt, das sagt ihr das eigne, mit Respekt zu melden, Herze. Und auch Emmy und Frieda haben es ihr gesagt; sie weiß Bescheid – Dora weiß Bescheid.

Dieweil sich aber dieses Schauspiel und auch das Abschnallen jährlich wiederholt, wird es ein bißchen langweilig. Die Jahrgänge unter den Tiergartenmägden wechseln zu wenig. Die Sitzengebliebenen von früheren Wintern rächen sich am heranwachsenden Geschlecht der Schwestern, indem sie ihnen die Eisbahn durch zahlreiche Gegenwart streitig machen. Sie lassen ihnen kaum Platz zum Hinfallen; so mißgünstig sind sie. Und wenn es einer Jüngeren dennoch gelingt, einen Sturz zu ertrotzen – hart am Charlotten-

Seite 70/71:
Eislaufen auf dem Neuen See im Tiergarten – Foto: Georg Busse, 1901
Archiv für Kunst und Geschichte

burger Tattersall, wo zuweilen eine klug zu erspähende Gelegenheit ist –, werden sie olivengrün vor Neid. Und sie behaupten, daß die damit verbundene vorübergehende malerische Unordnung des Gewandes das mühsam erstrebte Ziel eines ganzen Vormittags sei. Die zarten Pflanzen haben in der Tat das Musikdrama »Miß Helyett« mit Nutzen gesehen und hegen über den Reiz der Barrisonbilder selbständige Gedanken – sie werden auch hier Bescheid wissen. Dora, mir ist, als ob ich die Hände aufs Haupt dir legen sollt'. Die Olivgrünen aber sind in diesem Winter zahlreicher denn sonst. Vielleicht kommt es einem bloß so vor – weil man mit steigenden Jahren immer mehr Olivgrüne kennt und immer weniger Backfische. Und die Olivgrünen

blicken sehr freundlich zu den Herren und sogar schwärmerisch, die Blicke kommen gewissermaßen aus der Tiefe, und man denkt an Jean Paul, welcher im Hesperus behauptet, »je älter ein Mädchen oder ein eingepökelter Hering sei, desto dunkler sei an beiden das Auge, das durch die Liebe so werde«. Dunkle Augen, seelenvolle und eingepökelte Augen sind in Wahrheit erschreckend häufig auf dieses Winters westlichen Eisbahnen. Dora! wird einstens auch dein Auge, das jetzt emsig klappert, von mildem, tiefem Heringsglanz umzogen sein? Man ahnt es nicht. Mögest du glücklich werden. Mögest du glücklich werden.

28. November 1897

Neuer Luxus, alte Not

Auch in dieser Woche hielt die Wohnungsnot an. Alle Kenner versichern, daß sie in der folgenden noch nicht beseitigt sein wird. Wir im Westen spüren davon kaum etwas. Wir werden bloß gesteigert, sind aber nicht obdachlos. Im Norden und Osten steht es schlimm. Die kleinen Leute müssen dran glauben, wie so häufig. Im Westen ist der halbe Kurfürstendamm noch unbewohnt. Was man dort baut, ist äußerlich oft geschmacklos – doch im Innern wundervoll und von höchster Bequemlichkeit. Man fühlt auf angenehme Art, daß Berlin eine neue Stadt ist; alles wird mit »Errungenschaften« gemacht. Ein großes Vergnügen, da zu hausen. Manche, die frisch einziehen, gewöhnen sich erst langsam in verklärter Stimmung an diese Seligkeit. »Was tun Sie eigentlich, man sieht Sie ja gar nicht?« fragt im ersten Rang in der Pause einer einen zweiten und macht eine eindrucksvolle Gestikulation und begleitet sie mit lieblichem Gesichtsausdruck. »Was ich tu'?« fragt der andere, »was soll ich tun? Ich wohne.« Er wohnt.

Die leerstehenden Wohnungen des Westens stellen gewiß auf dem Kontinent den Gipfel der Vollendung dar. Paris, in Europa der Maßstab für alles, was gut und teuer ist, steht hier weit zurück hinter Berlin. Aufzug, Zentralheizung, elektrisches Licht und ein verschmitztes Bade-Etablissement sind die Vorbedingungen für jedes bessere leerstehende Haus im Westen. In Paris wohnen auch die Reichen oft, wie man vor fünfzig Jahren gewohnt hat. An der Tür hängt ein bunter Strick, der gezogen wird und ein Glöcklein in Bewegung setzt; das ist die Klingel. Die Klingel wird zum Symbol für das Ganze. Es gibt noch ein anderes Symbol: ein kleines Zimmer, von dem ohne Erröten der Chronist nicht schreiben kann. Gleisnerisches Gallien! Hier zeigt sich, wie sehr auf äußeren Schein du gehst – wie schwach es um die eigentlichen intimeren Bedürfnisse der privaten Menschen bestellt ist. Gleisnerisches Gallien! Weiter sag' ich nichts. In Berlin aber enthalten diese Stätten, mit denen es vor der Öffentlichkeit nichts zu prahlen gibt, lauter Errungenschaften. Was die Technik bietet, haben sie. Was die Hygiene fordert, haben sie. Es ist eine Lust, darin zu leben.

Alle diese Wohnungen stehen nun leer. Im Norden hält die Obdachnot an. Auch dort sind übrigens die besetzten Wohnungen komfortabler als in irgendeiner europäischen Hauptstadt. London allenfalls ausgenommen; dort wohnen die Arbeiter auf billigem Grund, fern von der Stadt: in kleinen Häuschen von schmaler, zweifenstriger Front, ohne Zwischenraum aneinandergebaut in endloser Reihe. Schrecklich sind, mit Berlin verglichen, wieder die Kleineleute-Wohnungen in Paris. In diesem Lande der Öffentlichkeit wird die Wohnung vorwiegend als Schlafstelle angesehen. Man braucht gewiß nicht als Regel aufzufassen, was Zola Schaudererregendes in der Zeichnung von Arbeiterheimen bietet; aber man kann doch in Ménilmontant entsetzliche Einblicke tun. »Vater war een feiner Knopp, mit 'n pomadierten Kopp, und er schlief uff eener Diele, in Belleville. Abends ging er mit zwee Kinder spielen ins Café-chantant, vor die jung'n und alten Sünder, in Ménilmontant.« So lautet Bruants Lied in der glänzenden Übersetzung von Siegmar Mehring, die er in sein Buch über die französische Lyrik des neunzehnten Jahrhunderts aufgenommen hat. Auch auf den höchsten Höhen von Montmartre sind die Wohnverhältnisse bitter. Es gibt da statt Wohnungen Vogelkäfige; und schmutzige. Also, was dem Berliner Norden fehlt, sind nicht gute Wohnungen, sondern überhaupt Wohnungen. Dauert die Not an, so muß sich der Magistrat entschließen, die leerstehenden Errungenschaftshäuser am Kurfürstendamm zu pachten und mit armen Leuten zu bevölkern. Das wär' eine Sache.

28. Oktober 1900

Dezemberschrecken

Still und harmlos verkehrt man in irgendeinem edlen Hause der Tiergartenstraße. Nichts Böses tat man, dachte man. Nur mit Regelmäßigkeit nahm man die Einladungen des trefflichen Ehepaares an und aß in einem Kreise von zeitgenössischen Männern – tapfer, deutsch und weise – die Austern ebenso naiv und in sich gekehrt wie man den Chablis verträumt hinabschluckte. An niemand dachte man weniger als an die Gastgeber. Es war ein Traum, nun ist er ausgeträumt. Eines schönen Tages erhält man eine schriftliche Mitteilung der Hausfrau, daß sie am Soundsovielten von vier Uhr ab im Bazar des X. X.-Vereins für verwahrloste Mädchen – oder ist es die Vereinigung der Potsdamer Vorstadt zur Rehabilitierung unschuldig verurteilter Gymnasiasten? jedenfalls irgendein Verein, der eine Lücke ausfüllt –, daß sie von vier Uhr ab einen Verkaufsladen dort haben werde. Da hilft kein Unwohlsein. Man muß 'rrrran. In schweigender Entschlossenheit steckt man mehrere Fünfmarkscheine zu sich. Grimmbewegt eilt man hin. Auf die verwahrlausten Mädchen hat man auf dem Wege einen solchen Haß geworfen, daß in der Garderobe die ganze Energie eines geübten Verstellers nötig ist, um ein einigermaßen gemütliches Grinsen auf dem Gesicht zu erzeugen. Die freudig erregten Linien werden mechanisch hergestellt. Schon hier draußen walten Damen, welche den Überzieher aus Wohltätigkeit aufhängen. Mit heiserem Lachen gibt man ihnen ein Zweimarkstück. Dann, im Saal, knirscht man vollends vor Wut. Eine schwarze, fette Blumenfee aus der Hitzigstraße, knappemang vierundvierzig, humpelt auf uns zu, und mit Gebärden von einer gewissen Heftigkeit stülpt sie ins Knopfloch eine Nelke. Sie durchbohrt einen mit der Nelke. Man möchte »au!« schreien. Die Greisin streckt dann, als wäre nichts geschehen, die Hand aus. Nun könnte man, wäre man ein geborener Humorist, sie einfach mit dem Zeigefinger in der Hand herzhaft kitzeln. Aber es hätte den Nachteil, daß man hinausgewiesen würde. Man kitzelt also sich selber, um ein freundliches Gesicht zu machen, und erlegt eine bessere Münze, innerlich schäumend. Eine Zeitlang ulkt man still über die Toiletten, um sich eine Genugtuung zu verschaffen. Die Geheimrätinnen sind mit ihren Kleidern sehr geeignet dafür, denn sie haben etwas Ökonomisch-Altmodisches, das zugleich einfach und doch aufgedonnert ist; diese Gewänder stammen nicht vom vorigen Jahre, sondern von Onkel Theodors silberner Hochzeit, als der Kultusminister kam. Dagegen tragen die Börsenfürstinnen Kleidchen, die sich gewaschen haben. Am Halse (und was drum- und dranhängt) werden die Lücken durch Steine bedeckt, welche den ungefähren Betrag der gezahlten Einkommensteuer diskret ahnen lassen. Auch die Nelkenmatrone schleppt ein Juweliergeschäft am Halse mit sich. Ein Mittelding sind die Toiletten der Offiziersdamen, meist einfach und doch elegant. Auch hier zuweilen kostbare Kostüme, aber sie sind nicht überladen, wie sie nicht altmodisch sind. Als man der Gastgeberin mit furchtbarer Ruhe und starrem Lächeln ein Opfer gebracht, versinkt man in einen melancholischen Zustand. Nach dem Grunde dieser Trauer gefragt, weist man auf ein gewisses Mitleid mit den verwahrlosten Mädchen andeutend hin. Dann bewegt man sich mit scheinbarer Harmlosigkeit nach dem Ausgang zu; und als man die Pforte erreicht hat, stampft man wie blödsinnig in die Gummischuhe und stürmt hinaus in die Nacht, in den Mischmasch. Vier- bis sechsmal im Dezember erlebt man diesen Schmerz.

12. Dezember 1897

Berlin wird groß – Berlin wird schön

Eine Attraktion für die Fremden

Von Kroll zu Kroll

Das Interesse der gegenwärtig in Berlin weilenden Berliner ist nicht auf das Schauspielhaus gerichtet, viel stärker auf ein neues königliches Theater, auf »Kroll«. Kroll ist verstaatlicht worden, und sein Charakter scheint sich nun völlig geändert zu haben. Die ursprüngliche berühmte altberlinische Institution ist jetzt ein Mythus. Diese ursprüngliche berühmte altberlinische Institution war zwar nur eine musikdramatische Stehbierhalle; doch in ihrer Art hatte sie manches Lockende. Es lag ein legerer Reiz über dem ganzen Unternehmen, etwas Leichtes, Sommerlich-Flüchtiges. Abends schlenderte man in der Dämmerungskühle hin, durch irgendeine Tiergarten-Querallee mit alten Lindenbäumen. Oder man saß in offener Droschke, neben irgend jemandem, und ließ den Kutscher langsam, langsam durch den abendduftschweren Tiergarten fahren. Dann trat man gegen Erlegung einer Reichsmark in den Garten, wo tausend bunte Lampenglocken durch das Grün der Bäume blickten und ein undefinierbares Licht auf die Menschen fiel, die auf und nieder wandelten. Es waren dieselben, die überall an öffentlichen Stätten hier auf und nieder wandeln: Männer in elegantem Zivil oder in Gardeuniform, Berliner, Provinzleute, Ausländer und allerhand Weibchen, verschiedenen Alters, verschiedener Moral. So spazierte man in den Pausen, und wenn man nachher Lust hatte, ging man mal in den Saal, wo die Menschen dicht gedrängt standen. Da hörte man sich zwanzig bis dreißig Takte Sembrich an oder ließ sich durch die Bellincioni mehrere Minuten erschüttern, worauf man im Garten ein Glas Pschorr zu sich nahm. Diese Saalvorstellungen hatten einen unbewußt parodistischen Beigeschmack, und wenn die Kunst – namentlich die tragische – auf dieser Bühne heiter war, so war doch noch heitrer das Leben, das sich draußen entwickelte. Es war die Hauptsache. Jetzt scheint es umgekehrt werden zu wollen: die Vorstellungen werden die Hauptsache, und das Leben draußen ist der Appendix. Im

Interesse der Kunst ist das erfreulich. Was jetzt im Saal geboten wird, ist so wertvoll wie jede normale Vorstellung im Opernhaus. Das Opernhaus mit allen seinen Kräften und allen seinen Dekorationen ist einfach bei Kroll etabliert. Aber gerade diese gediegeneren Leistungen bewirken, daß man sie von Anfang bis zu Ende anhört; außerdem dürfen die Besucher des Gartens nicht mehr ohne weiteres ins Theater, sondern sehr teure Extrabillets, die für einen Parkettplatz sechs Mark kosten, müssen gelöst werden; dadurch geht gerade das verloren, was dieser Bühne vor allen anderen eigentümlich war: der Reiz des Zwanglosen, der Reiz des Kommens und Gehens, der Reiz des vorübergehenden Nippens. Das Kommen und Gehen und das vorüber-

gehende Nippen sind für den Tristan nicht gerade angebracht; daß man aber bei der Traviata oder der Regimentstochter nicht auf halbe Stunden aus dem Saale laufen sollte, ist nicht einzusehen.

Die Eröffnung der neuen Kunststätte, das ist sie ja jetzt, war sehr solenn. Die kleinen, dünnen bronzenen Säulen, welche den ersten und letzten Rang tragen, sehen ein bißchen ruppig aus. Alles andere macht einen würdigen Eindruck – nicht nur »angemessen« (was bei den Hofinstituten Norddeutschlands immer das wichtigste ist), sondern echt kunstfeierlich. Das umgebaute Theater besteht in einem Riesenparkett, allmählich recht hoch ansteigend, und einem Range, in dessen Mitte die Kaiserloge mit graugelbem Brokat und Seidendamast liegt. Sie ist so eingerichtet, daß man die Insassen nur wahrnehmen kann, wenn man in der Nähe des Kapellmeistersessels steht und zufällig ein wenig über sechs Fuß lang ist. Alles in dem feierlichen, mattgetönten Saale riecht noch frisch lackiert, nicht für die Nasen, aber doch für die Augen. Die Bühne ist breit und tief; nicht mehr die parodieförderliche Puppenbühne von »Kroll«, sondern eine ausgewachsene Hofbühne. Man spielt die »Lustigen Weiber von Windsor«, Weingartner dirigiert die Ouverture mit hinreißender innerer und äußerer Grazie (nicht zuletzt die äußere Grazie hat diesem jugendschönsten aller Kapellmeister die Herzen zufliegen lassen!), und Herr Betz singt den Bürger Fluth mit derselben prächtigen und amtlich gebilligten Gesangskunst und mit derselben naiven Unterdrückung alles sogenannten Spiels, wie er es im Opernhause tut, und man hat sofort die klipp und klare Empfindung: Du bist hier auf staatlichem Boden, sei anständig! Und auch draußen die Leute haben die gleiche Empfindung und sind anständig, was sie sonst nicht immer waren, und zur etwa notwendigen Abkühlung entgegengesetzter Temperamente fällt ein kleiner Regen hernieder, die Tropfen schlängeln sich an den tausend bunten Lampenglocken entlang (sie sind nicht mehr so bunt, wie sie einstens waren), und ich sehe, wie ein Tropfen einem allein stehenden Fräulein gerade auf die Wange schlägt, so daß sich eine kleine Insel in dem Meer von Schminke bildet, und sie macht ein Gesicht, wie wenn sie Goethe gelesen hätte und andeuten wollte, daß sie sich heut – zum erstenmal – als »Fremd-

So schön war's bei Kroll, man brauchte gar nicht ins Theater. Gastspiel des bekannten amerikanischen Komponisten und MilitärmusikersJohn Philipp Sousa in Krolls Garten – Foto: Hugo Rudolphy, um 1900 / Repro: Christel Lehmann *Stiftung Stadtmuseum Berlin*

ling im Heimischen« fühle. An dem teppichbelegten besonderen Gange aber, der nach der Siegessäule zu liegt, steht der Graf von Hochberg im Frack und macht dem Kaiser die letzten Honneurs, der in den Wagen steigt und, vom nobelsten Publikum einen Augenblick lang umringt, durch die milde Sommernacht peitschenknallend davonsaust.

4. August 1895

Ein Zirkus an der Spree

Und durch noch etwas hat sich das Straßenbild verändert. In jenem Stadtteil, wo der Norden gerade anfängt anzufangen. Da wo die National-Galerie, die Börse und andere Kunstinstitute liegen; wo kleine Makler und Studenten wohnen und Lehrlinge, die sich »in Pension« gegeben haben. Dort ist ein neuer Circus erbaut worden, von dem ich (o, welche Lust, Chronist zu sein) auch melden muß. Er heißt Circus Busch, und der sattsam freundliche Leser möge mir glauben, daß ich noch nicht darinnen war. Aber seltsam berührt mich die ganze äußere Veränderung, da ich als Student dort am Wasser wohnte, von meinem kleinen Turm aus die Spree entlang über drei Brücken sehen konnte, bis hin zu Schlüters herrlichem »Gaul« mit dem Großen Kurfürsten, von dem schon Paul Heyse schwärmte, und so die Gegend genau kenne. Damals lag ein niedliches Gärtchen, in dem es einen guten Tropfen gab, unten an der Spree, jeden Abend von wohlhäbigen Gästen besetzt, die über ihre Gläser weg gelegentlich auf die riesigen Spreekähne blickten, die, mit böhmischem Obst gefüllt, schwer vor ihnen lagen. Ein grüner Zaun, ein grüner Rasenplatz und eine kleine graue Mauer trennten die abendlichen Zecher von der geräuschvollen Burgstraße. Jetzt ist alles wegrasiert. Verschwunden. Aber ein rundes Ungetüm in bunten Farben erhebt sich dort; ein massives bemaltes Ziegelgebäude, so exponiert und hart am Wasser vorgelagert, daß man fürchtet, der Circus mit allen Rossen, Balletmädchen und Athleten könnte in die Spree fallen. Darüber ragen, jenseits der schmutzigen

Der neue Zirkus Busch am Bahnhof Börse (heute Hackescher Markt), auf der Spree die Marktkähne, die sogenannten Äppelkähne – Foto, um 1910

Deutsches Historisches Museum

schwarzgrünen Flut mit den venetianisch kolorierten Bootpfählen, die schlanken, dunklen Säulengänge der Nationalgalerie empor, die in vornehmer Melancholie die Insel an jener Seite umfriedigen. Hier liegt alles im Dunkel, und auf der anderen Seite, wo es hell ist, elektrisch-hell, balgen sich die schweißduftenden Bewohner des Nordens um die Galerieeingänge, ein graubrauner Schwarm, Arbeiter und beurlaubte Bierkutscher und Hausdiener, Briefträger, die ihren Ausgehtag haben, Kanzlisten und kleine Handwerker, auch Heringsverkäufer mit ihrem Verhältnis, Friseure mit Gattin, hie und da ein Student, ein Soldat, die Polizisten brüllen, die Droschken rasseln, die Pferdebahnen klingeln, Tausende von Menschen strömen indes in die Rosenthaler Straße, auf das häusliche Abendessen gierig, und der Trott

ihrer Stiefel schallt in den allgemeinen Wirrwarr hinein. Die griechischen Säulengänge drüben bleiben stumm und dunkel. In der Ferne aber hört ein phantasievolles Ohr den Kommissionsrat Franz Renz mit den Zähnen klappern, weil ein neuer Riesencircus, so raffiniert günstig gelegen, ihm den fetten Verdienst zu schmälern droht.

27. Oktober 1895

Herr Sehring baut einen Theater-Traum

Eine andre Angelegenheit, die jetzt stärker und stärker in den Vordergrund rückt: Das ist das Theater des Westens, welches sich langsam, wenn der kühne Ausdruck erlaubt ist, gen Himmel zu recken beginnt. Langsam – denn daß hier an Schnelligkeit nichts übertrieben wird, dafür sorgt unsere Baupolizei und ihre so gründlichen Instanzen. Gleichviel: das neue Unternehmen wird zum festgesetzten Zeitpunkt fertig sein, und es wird nach allem, was man jetzt übersehen kann, eines der interessantesten Theater Berlins werden. Ich meine: baulich. Was es künstlerisch leisten wird, das weiß Gott und Herr Witte-Wild. [...] In der ersten Zeit wird er sich meines Erachtens nicht allzusehr anzustrengen brauchen; das Theater selbst wird eine solche Sehenswürdigkeit sein, daß halb Berlin nach Charlottenburg reisen wird, um den Bau kennenzulernen; so dürften die Einnahmen zunächst gesichert sein. Es ist ein Riesenunternehmen auf einem Riesenterrain, mit Park und besonderem Restaurant und Bildwerken erster Meister und mit mehr als dem üblichen Komfort der Neuzeit: es kommen die Phantasien eines dekorativen und weltmännischen Kopfes, wie es der Baumeister Sehring ist, hinzu. Es wird an nichts gespart, und bis zum Beginn der ersten Vorstellung werden volle sechs Millionen Mark verausgabt sein. An dem Theater werden kleine Besonderheiten ziehen. Es müßte mit dem Teufel zugehen, wenn die westlichen Leute sich nicht für ein Komödienhaus begeisterten, in dem es nach Pariser Muster einen Empfangssalon auf der Bühne, ein Foyer des artistes, geben wird, einen trauten Raum, wo man einem männlichen Mitgliede des Theaters – gegebenenfalls am Ende gar einem weiblichen? – seine tiefe Bewunderung für eine eben gesehene Leistung ergriffen ausdrücken können wird. Es wird auch, Herr Sehring erzählte es mir neulich, eine originelle Art von Logen geben: Gigerl-Logen. Diese werden unmittelbar an der Bühne, dem ganzen Hause sichtbar, und hervorragend zierlich sein. Freilich werden sie teuer sein, während sonst ein recht bürgerlich erschwinglicher Preis festgesetzt werden soll. Und dieses Billigkeitsprinzip ist weise; denn damit hat Herr Barnay im Berliner Theater seine Million verdient. Ich betone nochmals, daß ich hier von den künstlerischen Voraussetzungen des Theaters nicht spreche.

1. Dezember 1895

Das Theater des Westens ist eröffnet. Die Pfosten sind, die Bretter aufgeschlagen; und von allen Kulturereignissen, die sich im Laufe der Woche in Europa abgespielt, scheint dieses, für westberlinische Begriffe, das wesentlichste zu sein. Die Eröffnung, o Leser, war schrecklich interessant. [...]

Diesem Theater war noch in der letzten Woche ein besonderer Herold erstanden; ein tragikomischer, unbewußter Reklametrompeter. Es war Herr Paul Blumenreich, der abgewimmelte Direktor, der eine Brandbroschüre gegen die neue Bühne und ihre Gründer herausgab. Das zog hervorragend. Paul Blumenreich – ah poveretto!– mahnte mich in seinem Schicksal an eine befreundete Dame, die in diesem Sommer von ihren Zweiradversuchen am Attersee schrieb: »Ich lag unten, noch bevor ich aufgestiegen war.« Blumenreich flog aus dem Direktorium, noch bevor er es angetreten. [...]

Jedenfalls hatte die Broschüre des Ex-Direktors den Anteil für das zu eröffnende Theater sehr gesteigert und ihm gar einen Stich ins Sensationelle gegeben. Dazu hatte man schon aus Zeitungsnotizen und mündlichen Äußerungen genug Sensationelles über dieses Bühnenhaus vernommen; und so geschah es, daß für zwei Parquetplätze zum Eröffnungstag hundertfünfzig Mark geboten wurden.

Das Haus war jedoch nur geladenen Gästen zugänglich. Was die hier zu sehen bekamen, war in zwiefacher Hinsicht glänzend. Glänzend der Bau und glänzend der Anblick der Hörerschaft. Man hatte Frack und weiße Binde vorgeschrieben und für die Frauensbilder Gesellschaftstoilette. Sie waren meistens ausgeschnitten erschienen, in duftigen luftigen Hüllen von Mull und Spitzen und rosa Atlas und meergrüner Seide und protzigem oder – wenn er dunkelrot war – dämonischem Sammet in raffinierter Verarbeitung. Alle hübsch frisch gewaschen, die Haare frisch gefärbt, die Augenbrauen frisch gemalt. Und ihre Brillanten strahlten selig und friedvoll, wie wenn die zugrunde gerichteten Aktionäre, auf deren Kosten sie angeschafft waren, eine letzte glitzernde Wehmutsträne in sie gesandt hätten. Es war, wie das in Berlin immer ist, weniger Aristokratie als millionenschwere Bürgerlichkeit anwesend; mehr bewegliches Kapital als Grundbesitz; mehr emporstrebendes Eroberertum als eingesessene Erben. Im zweiten Rang zahlreiche Offiziere; recht viele Kommandeure. Vor und neben ihnen die appetitlichsten Damen: aus der Millionenkonfektion, von der Börse, vom Theater. Am schönsten sieht eine Frau in Rosa aus, eine Herkomersche Gestalt mit schwarzen Augen. Dann aber kommt gleich Fräulein Poppe vom Schauspielhaus, die heut wieder mal einen ihrer besten Tage hat; sie trägt quer über die Stirn eine Perlenschnur und lächelt mit halbgesenkten Augen; sehr reizend. Überhaupt lächeln alle, die Stimmung ist wundervoll; sie lächeln halb entzückt, wegen der Schönheit des Hauses; halb parodistisch, wegen der Schlechtigkeit des Stücks; es ist ein vorwiegend berlinisches Lächeln.

In einer Proszeniumsloge Aribert von Anhalt mit Gefolge; die einzige Fürstlichkeit. In der anderen Proszeniumsloge, wo in Wien unfehlbar irgendeine Pauline Metternich sich fächeln würde, sitzt – ohe! ohe! – nur ein Polizeipräsident mit seinen Damen. Auch das ist berlinisch. Im übrigen bevölkern die bedeutendsten Leute des Jahrhunderts wie Blumenthal, Ernst Wichert, Gustav Kadelburg und andere den Raum. Spielhagen ist da, Fulda mit seiner schönen Frau, die einst als Ida Theumer in Breslau Komödie spielte, Sudermanns, Hartlebens, Otto Brahm, Friedrich Haase, auch Maximilian Harden hat es nicht verschmäht, zu erscheinen, und er legt im Geiste seinen nächsten Artikel über den neuen Bel zu Babel zurecht und entfernt sich nach dem vierten Akt, was ihm niemand verdenken kann. Es lassen sich die Völker und die Namen nicht alle aufzählen: genug, der Saal weist eine auch bei Berliner Premièren sehr ungewöhnliche Fülle von Geist, Schönheit, Geld und Rang auf. Eine Bombe, in dieses Haus geworfen, würde sozusagen wirklich eine Art Blüte von berlinischer Kultur zerstören …

Aber der »Altmeister« hat schon recht: das interessanteste Studium der Menschheit bleibt der Mensch; über ihm wird die Sache hier fast vergessen. Das neue Bühnenhaus von Sehring ist in seiner Weise etwas Großartiges. Es ist von höchster Eleganz; von einer nicht immer manierfreien Beschaffenheit und einer gewissen Neigung zu Kinkerlitzchen, aber doch so vornehm, stolz und lebensheiter, wie es in deutschredenden Landen wahrscheinlich kein Privatgebäude geben wird. Der ideenreiche und in aller behaglichen

Schlauheit stark verwegene Mann hat hier das große Glück erlebt, einen Traum zu verwirklichen. Er hat es durchgesetzt. Auch seine Gegner müssen ihn zum mindesten als Kraft respektieren. In Silber und Gold, in Weiß und Gelb leuchtet sein Riesenbau, der mehr Menschen als das Opernhaus faßt und dessen schlanke drei Ränge ohne Säulenstützen frei aus der Mauer herauswachsen. Dem Auge wird nirgends ein Hindernis nach der Bühne hin geboten. Der ganz helle Grundton gibt dem Inneren dieses Theaters einen ausgesucht vornehmen Anstrich. Ein wunderbarer Kronleuchter, in Gestalt einer Lyra, spendet Licht, das zudem aus allen Ecken und Enden strömt. Kurz, der flüchtige äußere Eindruck ist sofort gewinnend und imposant. Die Foyers im ersten Rang zeigen vornehme Pracht, die im Parquet mit ihren Eichenholztäfelungen eher eine massive Eleganz. Das gesamte Theater aber ist zugleich eine Art Museum. Denn, in allen Winkeln, in allen Gängen, an allen Decken und allen Wänden stößt man auf Kunstwerke, die für diesen Bau von Berliner Künstlern geschaffen wurden. Kunstwerke sind auch die Vorhänge, die an schwerer Herrlichkeit von keiner mir bekannten Bühne erreicht werden. Im Erdgeschoß liegt endlich – die tiefste, aber nicht am tiefsten geschätzte Sehenswürdigkeit dieses Hauses – die Künstlerkneipe. Hier sind die Wände von Marmor und von Mosaiken aus Murano gebildet. In einem romanischen Raume befindet sich an der Wand ein Stammbaum von Portraits aller mit dem Theater des Westens enger zusammenhängenden Künstler. Darunter auch das blondbärtige Antlitz Sehrings und – das bemerke ich für die Breslauer, die ein Interesse an ihm haben – das Portrait des Herrn Witte-Wild, der aus einer gotischen Blume auf einem Pegasus reitet und das edle Tier mit einem Thyrsosstab bändigt. Da seine Leistungen für das Theater des Westens noch in der Zukunft liegen, ist er hier gewissermaßen auf Vorschuß unsterblich gemacht.

Ach, wenn doch dieser ganze Bau nicht den einen Fehler hätte, gerade ein Theater zu sein. Es ist keine Frage: in erster Linie kam hier das Architekteninteresse in Betracht, das dramatisch-künstlerische war etwas Sekundäres. Die Notwendigkeit, ein neues Theater zu bauen, lag wirklich für bloße Theaterfreunde nicht vor. Es handelt sich hier um eine Gründung in viel weiterem spekulativem Sinne. Wenn ein rein künstlerisches Unternehmen vorläge, würden die Charlottenburger nicht in so hellen Haufen, bis zum kleinsten Bahnhofs-Restaurateur hinab, fanatisch bei der Sache sein. Es ist aber eine allgemeine wirtschaftliche und eine grundstückliche Operation. Und so entsteht allmählich die bange Frage: was wird hier aus dem *Theater* werden?

Das steht zum Teil bei Herrn Witte-Wild. Da man nicht für ein bestehendes Programm ein Theater gebaut hat, sondern für ein erbautes Theater nach einem Programm fahnden muß, so ist seine Aufgabe nicht leicht. [...] Es schwebt ein Vogel hoch in den Lüften über dem Theater des Westens. Er kreist langsam, langsam um das Haus, wie stets um einen neuen Bühnenbau. Es ist der Pleitegeier. Wird er erlegt werden? Wird er herniederschießen? Das liegt im Schoße der Götter. Was bestehen bleibt, ist in jedem Falle der Bau – Sehrings Bau.

4. Oktober 1896

Ein Bahnhof für die Bühnenkunst

Jetzt baut man in diesem Charlottenburg einen neuen Stadtbahnhof – und auch hierbei hat Sehring seine Hand im Spiele. Er hat den Garantiefonds aufbringen helfen und selber Geld gegeben – weil er einen neuen Bahnhof für sein »Theater des Westens« braucht. In kurzem wird dieser neue Stadtbahnhof, der zwischen dem Zoologischen Garten und dem Bahnhof Charlottenburg liegt, eröffnet werden, und es wird jetzt etwas zu viel über ihn geredet, weil sich zahlreiche Spreebürger über die hierdurch entstehende Verteuerung der Fahrt nach Charlottenburg grämen. Der neue Bahnhof liegt am Savignyplatz, einem Quadrat, das vor wenigen Monaten noch ein wüster Bauflecken war und jetzt ein gar zierlicher und frisch grünender Schmuckplatz ist. Er ist nur ein Symbol für das rapide Emporblühen der ganzen Gegend. Dieses Charlottenburg mit seiner besseren Luft und seiner größeren Stille hat die Zukunft. Schon jetzt ist die Bevölkerung, die dort wohnt, etwas besser als eine bloße »Bevölkerung«. Sie besteht vorwiegend aus wohlhabenden Leuten, die zugleich eine geistige Tätigkeit ausüben. Es ist nicht eine bequeme Geldaristokratie, sondern ein großer Kreis von vermögenden Architekten, Ingenieuren, Künstlern, auch Schriftstellern. Zu den letzteren gehört Ludwig Fulda, der sich seit seiner Übersiedelung von München dort ansässig gemacht hat. Und auch wo bloß Geld wohnt, Rente ohne geistigen Beruf, ist ein Unterschied gegen die Börsenbürger des Tiergartenviertels wahrzunehmen. Der Tiergarten ist ziemlich quietistisch und bewegungsfaul – hier aber blüht jede Art von Sport. Hier gibt es in jeder Familie drei Zweiräder, hier wird lawn tennis nicht bloß in zierlicher Dilettanterei, sondern mit trainierlichem Ernst gespielt und als echte, schwere Kunst getrieben. Hier ist man Mitglied von Ruderklubs und schindet sich wöchentlich mehrmals im triefenden Schweiße seines Angesichts. Hier schwimmen die Töchter »Touren«, nicht bloß dreimal ums Bassin herum. Kurzum, hier nähert sich alles einem wohlhabenden deutschen Engländertum. Und in diese Gegend hat Sehring die Grundsteine seiner Häuser und seiner Bedeutung verlegt. Er hat sich kein schlechtes Feld ausgesucht. Der neue Bahnhof wird ihm und seinem Theater Zufuhr schaffen und eine kleine Kulturaufgabe lösen. Die Hinter-

Das neue Luxus-Theater des Westens in der Kantstraße am Bahnhof Zoo, Architekt Bernhard Sehring – Foto: Gebrüder Haeckel, um 1910 *Ullstein Bilderdienst*

wäldler aus Westend und aus dem tiefsten Charlottenburg werden der Bühnenkunst zugänglich gemacht; bisher waren sie ihr abhold. Und das ist immerhin etwas.

26. Juli 1896

Die erste Theaterstadt in der Welt

Wichtige Dinge gehen in Berlin vor. Diese Stadt ist eine Ibsenstadt, und sie erweist sich allein hierdurch als die erste und fortgeschrittenste Theaterstadt der Welt. In Berlin ist Henrik Ibsen jetzt gefeiert worden wie nirgends auf der bewohnten Erde. So viele Theater wie hier haben nirgends seine Dramen gleichzeitig gespielt. »Der Volksfeind«, »Die Wildente«, »Brand«, »Kaiser

und Galiläer« und »Hedda Gabler« in einer Woche! Mit vollem Bewußtsein haben noch die kleinen Vorstadtdirektoren den Ahnherrn des modernen europäischen Dramas in ihm geehrt. Am bemerkenswertesten ist, soviel ich es übersehen kann, die Hedda-Gabler-Aufführung im Deutschen Theater gewesen. Luise Dumont, die klügste Person, die gegenwärtig auf deutschen Bühnen zu finden sein wird, war prachtvoll in der nervösen, halbunterdrückten Lebenslust der Generalstochter; aber die strahlende Verbrechergröße dieser gefesselten Heldin kam nicht strahlend genug heraus, es fehlte ihrer Hedda der tiefere lyrische Reiz. Unvergeßlich wird mir Reicher als Lövborg sein. Ich hatte in Gedanken Rudolf Rittner dafür ausgesucht. Wie aber Reicher ihn erfaßte; wie er im Anfang ganz durchleuchtet war von einer schmucken, wundersamen Klugheit; wie er dann hoffnungslos, gesunken, als ein Abschiednehmender erschien; das war überwältigend. Als er zum letzten Mal den Namen Hedda Gabler aussprach, machte er zwischen den beiden Worten eine lange Pause, und in dieser seltsamen Pause zog das ganze Verhältnis und Verhängnis dieser beiden Menschen noch einmal schweigend und dennoch hörbar durch die Welt. Es war ein einziges, letztes gedankenvolles Zusammenfassen; es lag Entschwundenes und Gegenwärtiges und die dunkle Zukunft darin; ein seltner Meister der Schauspielkunst hatte einen der seltensten Augenblicke. Von dem Ibsenbankett ist zu sagen, daß ... ja, daß dreihundertfünfzig Personen daran teilnahmen.

27. März 1898

Die Fremden kommen

Berlin ist schön, Berlin ist groß. Das ist der Refrain in irgendeiner Posse, die vor einiger Zeit hier gespielt wurde. [...] Jetzt rufen ihn die Fremden. Sie überfluten Berlin, und noch nie war die emporkommende Kaiserstadt so schön, noch nie schien sie so groß zu sein und so großstädtisch wie jetzt. Trotz der Jahreszeit. [...]

In allen Stadtteilen, nicht zuletzt im Westen, machen die Fremden sich

Das Deutsche Theater in der Schumannstraße, Ort der Moderne für Ibsen, Hauptmann und Schnitzler – Foto, 1895 *Stiftung Stadtmuseum Berlin*

fühlbar. Man hört im Vorübergehen die unmöglichsten Idiome, vom rauhen, kehligen Holländisch (der Sprache, die wir nur reden, wenn wir eine Fischgräte verschluckt haben) bis zu den weichen, singenden Lauten des Rumänischen. Man riecht die verschiedenen Völker von den Nachbartischen in den Restaurants. Wenn Herren mit Bärten einen klobig starken Geruch von Chypre-Parfum ausströmen, sind es sicher Russen; die haben eine Vorliebe für diese Balsamierung. Wenn Herren gar nicht riechen und fremdländisch aussehen, sind es Amerikaner oder Norweger (– so sagt die westliche Volksmeinung, gewiß die naivste und schlichteste aller Nationen). Wenn Herren sonstwie riechen, sollen es Bewohner der Donauländer sein. Zwar wird der spezifisch nationale Geruch von Fett, Interessantheit usw. durch einen Anflug märkisch-berlinischen Straßenstaubs etwas entnationalisiert; es ist nicht der volle Hauch der Heimat, der hier entgegendringt; aber die Urbestandteile sind erkennbar. Die Engländer, so behauptet die Volksmeinung, riechen nach Wasser und Seife. Gewiß mögen diese sinnlich-empirischen völkerpsychologischen Beobachtungen manches für sich haben; aber von zwingender Gewalt sind sie nicht! Man soll ja nie verallgemeinern! Auch ein Amerikaner hat, bei Gott!, schon nach Chypre gerochen [...].

Auch mit dem Gesichtssinn vermag man die Fremden zu erkennen. So viele umgehängte Operngläser sind noch nie durch die Straßen Berlins getragen worden wie jetzt. So viele Kataloge und Fremdenführer sind noch nie ostentativ in der Hand gehalten worden wie jetzt. So viele Pläne von Berlin sind noch nie an Laternenpfählen mit so bekümmerter Miene auseinandergefaltet worden wie jetzt. So viele Herren haben noch nie gefragt, wie man von der Friedrichstraße nach dem Brandenburger Tor kommt, wie jetzt. Und so viele Damen waren noch nie bereit, sie freundlich dahin zu führen, wie jetzt. O Sommer 1896, die Künste regen sich, die mannigfachsten Gewerbe blühn, es ist eine Lust, in dir zu leben! Auch an der Art des Ganges erkennt man die Fremden. Sie gehen mit hochgehobenem Gesicht und scheinen immer zu kontrollieren, ob an den Dachkanten der Häuser auch alles in Ordnung ist; die eingeborenen Berliner dagegen lassen ihre Blicke meist im Staube kriechen; sie scheuen die Kraftvergeudung durch Emporschrauben der Augenmuskeln. Die eingeborenen Berliner betrachten auch Schaufenster nicht mit dieser religiösen Inbrunst. Die eingeborenen Berliner lernen auch die Straßenschilder nicht auswendig. Die eingeborenen Berliner steigen auch nicht in die Dampfstraßenbahn nach Hundekehle, wenn sie in die Pferdebahn nach Pankow steigen wollen. Die eingeborenen Berliner machen auch keinen Skandal, wenn es bei Kranzler keine Rumpsteaks gibt. Und wenn die eingeborenen Berliner ein Rumpsteak essen, lassen sie sich nicht eine Mark dafür abknöpfen. Durch alle diese Eigentümlichkeiten und einige andere unterscheiden sich die Fremden sichtbarlich von der biederen alteingesessenen Bevölkerung unseres lieblich am Fuße des Kreuzbergs gelegenen Städtchens.

14. Juni 1896

Die Fremden, die gegenwärtig in Berlin sind, fahren noch immer vom Nollendorfplatz mit der Dampfstraßenbahn zu der neuen Kirche, um sie zu besichtigen. Ihre Zahl ist jetzt enorm: Berlin gehört den Fremden, nicht ganz Berlin, aber doch die Friedrichstadt. Dort kommen sie meistens an, dort wohnen sie, dort finden sie die Hauptrestaurants, die Hauptvergnügungstempel – und wenn sie die Friedrichstraße, die Linden und die Leipziger Straße ein halbes Dutzend Mal auf und ab gewandelt sind, bilden sie sich ein, Berlin zu kennen. Natürlich liegt Berlin ganz woanders als in diesem Hotel- und Tingeltangel-Stadtteil. [...]

Die zahlreichen Fremden [...] sollen Berlin zuweilen für eine italienische Stadt halten. Es wird wirklich langsam maccaronisiert, und wo man hinblickt, sieht man grüne Röcke, rote Kopfdeckeltücher und Tambourins. Nicht nur in der italienischen Ausstellung, wo ein halbes Hundert namenlos gelangweilter Sänger und Sängerinnen aus Neapel und den benachbarten Dörfern sich mit Kantilenen und Rezitativ-Tremoli noch immer abrackert. In allen Stadtteilen, in den verschiedensten Restaurants, selbst in Stadtbahnwaggons trifft man die wohlbekannten Gestalten, die zu keinem andern Zwecke hier sind, als um funiculi, funicula zu singen, das Margherita-Lied zu grölen und »bell'è l'amore, l'amore si va« pointiert zu flöten. Sie sind bei der Bevölkerung unendlich beliebt, weil ihre jauchzende Lebendigkeit und ihre strahlende Grazie auch die schwerfälligsten Bären hinreißt, die bei einem Glase Weißbier über das Universum und den Magistrat nachdenken; und die Lieder, die sie zum besten geben, sind Volkslieder geworden. »Sie gehen durch Mark und Bein«, sagen die älteren Berliner, »sie sind zu schön, ich mag sie nicht hören.«

8. September 1895

Ein Eisengestell zwischen Häusern und Bäumen – Bahnhof Bülowstraße – Postkarte, um 1910 – Foto: Ullstein/Jürgen Schnellbacher *Ullstein Bilderdienst*

Alle diese Gestalten, die Provinzler wie die Ausländer, bevölkern jetzt die Hauptstadt der Deutschen und helfen – teils durch das Exotische, teils gerade durch die kontrastierte Kleinbürgerlichkeit – ihr jenes Gepräge zu geben, das schließlich den Ruf entlockt: Berlin ist schön, Berlin ist groß.

14. Juni 1896

Neu Schönheit! – Bülowstraße?

Das Holdrioh ist verhallt, die Zweitausendmeterluft des Engadins ist abgelöst vom Staub der Potsdamer Straße, und Venedig liegt irgendwo, an einem fernen Meer, in Schönheit verstorben.

Berlin aber lebt in ... Schönheit. Die Natur hat den Süden erschaffen zur Wonne der Menschheit, das norddeutsche Gebiet aber mehr aus Nützlichkeitsgründen. Immerhin gibt es hier Fortschritte, Arbeit, Technik, Entwickelung. Die Bülowstraße hat sich verändert in diesen sechs Wochen. Welcher verblüffende Anblick: das Eisengestell einer Überbahn, rot lackiert und grau gestrichen, steigt in plumper Scheußlichkeit empor zwischen den Häusern, zwischen den Bäumchen. Barbarischer, ekliger, gottverlassener, blöder, bedauernswerter, mickriger, schändlicher, gerupfter, auf den Schwanz getretener sieht nichts in der Welt aus. Aber diese Stadt war von jeher gebenedeit in Kunstdingen. Sie hatte Liebreiz, Anmut, Holdheit und einen glücklichen Griff in allem dergleichen. Nur geht manches über die Hutschnur. Ein modernes Prinzip offenbart sich allerdings in der Behandlung dieses Stadtteils. Es ist allgemein feststellbar. Die Franzosen, welche den Schönheitsbegriff hochhalten, sind schwach in der Technik; die technischen Völker sind schwach in der Schönheit. Während ruppiger sechs Wochen sind hier Bahnen nach Wannsee elektrisch geworden, neue Verkehrsstränge wurden der Kurfürstenstraße einverleibt, das Eisengerüst wuchs aus der Erde – überall Fortschritt, Entwickelung, Arbeit, Technik und Verhunzung. Ist Technik und Verhunzung nicht zu trennen?

Am Ende sind wir bloß unfähig, diese Art Schönheit gegenwärtig zu erfassen. Einst wird ja auch sie eine Schönheit sein. Man ringt um das Bauwerk der Zukunft; Zola in seinem Künstlerroman läßt es auftauchen, schemenhaft, neblig, rätselvoll. Vielleicht wird es die große Halle sein, aus Eisen, wie dieses

Gerüst der Bülowstraße, und aus Glas. Späte Augen werden daran gewöhnt sein, sie als Herrlichkeiten empfinden, wie wir die Paläste der Florentiner, die klobigen, gewalttätigen, quaderhaften, selbstsicheren, die sie vor einem halben Jahrtausend hinsetzten. Sehet, liebe Freunde, zu welcher strahlenden, psalmodierenden Schönheit das neue Eisengerüst werden kann; das sagt der märchenhafte Turm der Franzosen, diese zwecklose technische Gipfeltat eines technisch zurückgebliebenen Volks. Sie haben zuerst die Schönheit der neuen Methode gelehrt, nicht ihre Verwendbarkeit. Eher die stolzen Möglichkeiten als den tatsächlichen Nutzen. In der friedvolleren Stadt Dresden aber zeigt ein Bau, was die Verbindung von Eisen, Glas und strahlend leichten Ziegeln Anmutiges hervorbringen kann in diesem Zukunftsstil: der sonnenfestliche, junge, leuchtende Bahnhof. Er wird vorbildlich sein. Die Berliner haben auch bereits in ihr revidiertes Schönheitsgefühl die abendlichen Stadtbahnhöfe aufgenommen; der Maler Baluschek ist ihr begabter Herold. Aus Glas und Stein und Eisen hat dann Messel den Wertheimpalast erbaut, der neben jenem Bahnhof zum Vorbild berufen scheint. Doch weder die sächsische Anmut noch die geniehafte Kühnheit der Franzosen, noch die sichere Gastlichkeit des Messelschen Stils zeigt sich in dieser elend veränderten Bülowstraße; sondern bloß die jammervolle Herrichtung eines Notbehelfs, die dreiste Verschimpfierung eines freien Stadtteils, ein täppisches Ad hoc-Verfahren. Die Pariser wollten Revolution machen, als man ihnen elektrische Bahnen mit Leitungsdrähten zu geben suchte. Sie wünschten die Schönheit ihrer Gassen nicht durch Stangen und Drähte zu gefährden. Die Berliner werden keine Revolution machen! Berlin wird aber auch nicht die »schönste Stadt der Welt« werden, wenn es so weitergeht; und unter den vielen Aussprüchen Wilhelms des Zweiten, welche eine Diskussion zulassen, wird auch dieser seinen Platz finden.

2. September 1900

Wo Bismarck ging und Tietz erschien

Zweitausendsiebenhundert Ladenfräuleins, schwarzgekleidet. … Alle in einem gigantischen Glaskasten, welcher acht Hausnummern einnimmt. Das ist Tietz. Tietz ist zwischen Jandorf und Wertheim. Jandorf liegt nach dem Spittelmarkt zu, Wertheim nach dem Potsdamer Platz, Tietz in der Mitte.

Alle drei in der Leipziger Straße. Diese Straße wird hierdurch eine Kaufstraße ersten Ranges. Einst hatte sie politischen Charakter. In einer vergangenen Epoche deutscher Geschichte stand dort der Reichstag. Wie lange ist es her? Mir scheint, es war vor grauen Zeiten; das Reich war in der klassischen Periode. Bismarck hielt in dieser Straße die großen Reden, wenn er sich auf nüchternen Magen geärgert hatte. Dort fielen Schlagworte, die langsam in den Büchmann übergegangen sind. Von dort schritt der Eiserne bei besonderen Anlässen zu Fuß nach Hause. Zum letzten Mal, als er das nicht sehr wasserdichte Wort von den Deutschen gesprochen hatte, welche

zwar Gott, sonst aber nichts auf der Welt fürchteten. Tausende und Zehntausende lagerten dort. Tausende und Zehntausende begleiteten ihn. Der Professor Kaufmann, welcher die politische Geschichte Deutschlands im neunzehnten Jahrhundert geschrieben hat, setzt diesen Nachhausegang Bismarcks durch die Leipziger Straße wie einen letzten, nachdenklich verklingenden Akkord in seine schlichte Darstellung des Zeitalters (denn er schließt das Jahrhundertwerk mit der Bismarck-Epoche; bringt sich dadurch um das Vergnügen, den wahren Beschließer des Jahrhunderts, Wilhelm den Zweiten, mit dem Eröffner, Bonaparte, zu kontrastieren). Gleichviel: die Leipziger Straße war politisch und ist heut merkantil. Der Reichstag liegt irgendwo; wo liegt er denn? Richtig, am Königsplatz. [...]

Die Sachlage scheint mir symbolisch zu sein: merkantil ist heut der Grundzug des deutschen Volks, nicht politisch. Viele staunen, was dieses Volk sich gefallen läßt; was es Lächerliches an Worten und Unsinniges an Handlungen widerstandslos erträgt. Manche sagen: das war ja immer so, lest nur die Geschichte, das Phlegma ist eine erbgesessene heimatliche Tugend. Die zweite Gruppe spricht: heut ist es nicht mehr so, der preußisch-slawische Einschlag ins deutsche Blut hat entschlossenere Charaktere gezeitigt – die Leute sind heut nicht schlapp, sondern großmütig im Bewußtsein ihrer Stärke; als eine kraftvolle Riesenmacht sehen sie es ruhig an, wenn ihnen einer auf der Nase 'rumtanzt, sie können's lächelnd aushalten; wie war die Fabel, die wir in der Schule gelernt? »Schande!« rief ein Stier dem Rosse zu, »von einem Knaben ließ' ich mich nicht regieren.« »Aber ich«, entgegnete das Roß, »denn was für Ehre könnte es mir bringen, einen Knaben abzuwerfen?« So spricht die zweite Gruppe der Beurteiler. Die dritte Gruppe sagt (und vielleicht hat sie recht): das deutsche Volk ist heute merkantil vor allem; wir beginnen ein gewaltiger Erwerbsstaat zu werden, da steht für die Leute das Wirtschaftliche noch mehr im Vordergrund als sonst, sie lassen vorläufig sieben gerade sein, pfeifen auf Ideen von politischer Freiheit und wollen bloß verdienen, verdienen, verdienen; arm ist dieses Land durch ungeheure Zeiträume gewesen, der dreißigjährige Krieg liegt uns noch im Magen, jetzt endlich beginnen wir ihn zu verdauen und in die Senkgrube zu schicken – da ist es begreiflich, wenn der neue Zustand fürs erste ein grenzenloses Appe-

Wo Bismarck auftrat: Der alte Reichstag in der Leipziger Straße – Foto: Waldemar Titzenthaler, 1898 *Ullstein Bilderdienst* titfieber erzeugt; der deutsche Bauch will jetzo essen, essen, fressen; nachher, wenn er sich vollgeschlagen hat und das Notwendigste erledigt ist, wird wohl die Seele wieder nach Ideen ausschauen; dann werden Ideen von größerer politischer Freiheit, von besserer menschlicher und staatsbürgerlicher Würde, von tieferer öffentlicher Logik und Ethik wieder Geltung bekommen. Bis dahin verdienen wir, verdienen wir und lassen sieben gerade sein. So spricht die dritte Gruppe, die vielleicht recht hat. Bei alledem bleibt die Frage offen, wie lange das Übergangsstadium dauern wird.

Wir sind ja abgekommen. Es sollte nur gesagt werden, daß die Leipziger Straße merkantil ist, nachdem sie früher auch politisch war; und daß sie uns verwendbar erscheint als ein Symbol dieser Zeitläufte. Herr Tietz in der Leipziger Straße läßt eine riesige Weltkugel in die Wolken ragen. Der Gott Hermes schwebt in den Lüften. Eine Frauengestalt, aus Stein gemetzt, führt ein großes Vieh mit sich, den Bären; er ist frisiert und voll muntrer Gesinnung. Eine zweite Jungfrau kost einen Raubvogel; er frißt aus der Hand. Ist es ein Hinweis auf die Berliner Grazie, welche die Macht hat, Bestien unterzukriegen? Oder ein Hinweis auf die allgemeine Zivilisation, die Bezähmerin wilder Sitten? Jedenfalls scheint die Bauart dieses Hauses so zweckmäßig wie nur denkbar: es ist ganz Glaskasten. Jandorf war im alten Stil hergerichtet. Bei Wertheim sieht man noch das Steingerippe des Gebäudes. Tietz ist lediglich Glas und schmale eiserne Säulen. Die Märchen erzählen von kristallenen Palästen unter dem Wasser; dort hausen die Sirenen, die Meerjungfern mit den Fischschwänzen, Frau Lurlei und ihre Töchter. Endlich hat die Leipziger Straße was Ähnliches. Zweitausendsiebenhundert Sirenen mit fester Anstellung, welche die Melusinenschwänze unter schwarzen Kleidchen verbergen. Und alle die Sirenen, welche von außen hereinschwimmen, in unerschöpflichem Schwall, gar nicht zu rechnen. Alte, dicke Meerweiber sind auch dabei. Sie plätschern sich durch bis nach der Sodafontäne und schlürfen Eis und schnalzen mit der Zunge. Oder schwimmen in die Gemäldegalerie, walala weia, walala weia, vier Töchter schwimmen hinterher, und die alte Floßhilde rezensiert die Kunstwerke, schwenkt die Lorgnette, die Töchter träumen von Hochzeit und Männerküssen und blinzeln schläfrig mit den Augen. […]

Die neue Pracht: Kaufhaus Tietz in der Leipziger Straße mit seiner Fassade von Bernhard Sehring – Foto, um 1900 *Bildarchiv Preußischer Kulturbesitz*

TIETZ

Tietz versteht seine Zeit, denn er hat bereits eine überflüssige Rede gehalten. Gedruckt wurde sie den Gästen eingehändigt, während er sie bei der Eröffnungsfeier hielt. Zu den Geladenen (ich war nicht dabei, Tietz überging mich) sprach er vier Seiten lang, und er glich dem Nestor, welchem die Worte wie Honig von den Lippen flossen. Und nachdem er alles gewürdigt, sagte er zum Schluß, er könne die Gefühle, welche in diesem Augenblick ihn durchwogten, nicht anders zusammenfassen als in dem Ausspruch Webers: Nicht der Gedanke an Erfolg oder Mißerfolg gebe ihm eine Genugtuung, sondern bloß das Bewußtsein in seiner eigenen Brust. So schloß Tietz mit Weber. Auch dieser Passus lag bereits gedruckt vor. [...]

Wie aber dem sein mag: Berlin ist um ein ungeheures wirtschaftliches Phänomen reicher, Ecke Krausenstraße. Bleibt abzuwarten, wann das nächste Stadium in Berlin erreicht wird, das Stadium Dufayel. Der Inhaber dieses Namens hat in Paris zwei Prinzipien aufeinandergehäuft: das Prinzip des Riesenkaufhauses und das Prinzip des Riesenabzahlungsgeschäfts. Dufayel hat alles, was man braucht, aber alles, und gibt alles auf Raten. Er ist in Paris der volkstümlichste Kaufmann. Tietzens gläserner Palast erscheint wie ein niedliches Spielzeug gegen das Dufayelsche Geschäft, als welches wie ein Stadtviertel aussieht. Kleider, Möbel, Konserven, Bücher, Kunstwerke, Fahrräder, und was sonst zum Dasein gehört: Alles birgt diese Akropolis auf Montmartre, und ohne schwierige Garantien erhält es ein jeder ohne Geld. Erst das ist der Gipfel. Solange man noch berappen muß, macht die Sache kein Vergnügen. Ich aber kann die Empfindungen, die mich in diesem Augenblick durchzittern, nicht anders wiedergeben als mit den modifizierten Worten unseres unsterblichen Schiller aus dem Tell: Wann wird ein Dufayel kommen diesem Lande?

30. September 1900

Berlin will wachsen

Und nicht nur das Straßenbild Berlins verändert sich. Berlin selbst soll sich verändern; es soll Großberlin werden. Reinickendorf, Pankow, Weißensee, drei wunderbare idyllische Ortschaften (man denke an Mochbern), sollen einverleibt werden. Die Stadtverordneten haben es jetzt beschlossen. Was

Reinickendorf anbelangt, so kenne ich es nicht, und dieser Zug spricht für mich. Von Reinickendorf ist genauere Kunde nur bei Gelegenheit von Gerichtsverhandlungen nach Berlin gedrungen. Mit Oskar Blumenthals unendlich witziger Kommissionsrätin möchte ich sagen, ich »habe ein Mißtrauen« gegen meine neuen Reinickendorfer Brüder. Was Pankow anbelangt, so kann man aus verschiedenen Gründen dorthin kommen. Es gibt daselbst vieles Grüne im Sommer. Die hervorstechendste Tugend dieses Orts ist, daß in seiner Nähe Schönholz liegt. Berühmt ist Pankow durch Irrenpflege, und »Sie müssen nach Pankow!« bedeutet nicht unmittelbar eine Liebenswürdigkeit. Weißensee ist ein trauriges, flaches Nest mit Tümpeln, Stoppelackern, Bahnüberführungen und spärlichen Bäumen. »Sternecker«, ein Feuerwerksrestaurant, repräsentiert die Liebenswürdigkeit von Weißensee – sie tritt aber nur sonntags in Kraft, mit Biertrinken, Tanz, Gedränge und wohl auch Keile. Im übrigen ist Weißensee Beerdigungsdorf. Mit Heines jüngerer Pfarrerstochter sagen die Weißenseer: »Nur wenn sie einen begraben, bekommen wir etwas zu sehn.« Allerdings, *eine* interessierende Seite hat der Ort. Es gibt Berliner junge Leute, die gen Weißensee auf Liebesabenteuer ausziehen. Ich weiß nicht, ob die Weißenseerinnen etwas Besonderes an sich haben. Aber ich konnte den Fall öfter beobachten. Die Bürgerinnen des Begräbnisdorfes müssen doch wohl einen eigenen Reiz ausüben. Nun bekommen die verschiedenen Weißenseer Herzallerliebsten auch ihr offizielles Bürgerrecht in der Spreestadt, und zehntausend Leichen werden in den Bannkreis dieses Weltpunkts einbezogen.

27. Oktober 1895

Von Treptow bis nach Afrika

Die Stadt holt sich die Welt ins Haus

Die Gewerbeausstellung

Wallfahrt nach Treptow

Um zehn Uhr früh war alles auf den Beinen, Droschken konnten auch im entferntesten Westen kaum aufgetrieben werden; Berlin hatte einen einzigen Gedanken und eine einzige Wallfahrt: Treptow.

Und doch war es nur eine verhältnismäßig kleine Zahl von Begünstigten, die gleich früh, zur offiziellen Eröffnung, zugelassen wurden – ein paar tausend Menschen. Was masculini generis war, mußte im Frack erscheinen, die Frauensbilder kamen nach bestem Können verführerisch, im Frühjahrsschmuck. Der Kuppelsaal, in welchem der Kaiser den Eröffnungsakt vornehmen sollte, liegt im Hauptgebäude der Ausstellung, höher als die übrigen Ausstellungsräume, aber durch keine Wand von ihnen getrennt. Unten wogten die Frühjahrshüte und die Zylinder, aber bald stand die ganze Masse unbeweglich fest, weil die Riesengedrängtheit jede Schwankung unmöglich machte. Oben standen die zwölfhundert Bevorzugten, sie umlagerten einen zweisitzigen Thron, etwas lockerer und bequemer gruppiert; weit mehr Herren als Damen; massenhaft offizielle Persönlichkeiten. Der Kuppelsaal ist schwindelnd hoch; fast an der Decke, verschwindend, ein Haufen von Herren im Frack auf einer Galerie: die berühmte Berliner Liedertafel; niemand beachtet sie heut. Unten ein Meer von Blumen, die garnierten Hüte der Damen; eine ungezählte elegante Menge in einem riesigen, kühnen, feierlichen Raume. Hofuniformen, goldgestickte Röcke, weiße Hosen, fremdländische Kostüme; braune Gesichter, blauschwarze Schnurrbärte, geschlitzte Augen; Turbans und Kappen und Helme; exotische Attachés, Stadtverordnete mit güldenen Ketten, Generale, Huissiers in Blau mit Silber und weißen Gamaschen, Journalisten im Frack ohne Orden, Professoren im roten Mantel, höfische Würdenträger in Escarpins.

Plakat für die Berliner Gewerbeausstellung – Aus: Kladderadatsch, 3. Mai 1896
Archiv für Kunst und Geschichte

Fanfaren! Der Kaiser kommt. Vor ihm der Hof. Ferdinand von Bulgarien ist unter den Vordersten, ein Gesicht, weit markanter, als es je in den Witzblättern gezeichnet worden. Der Kaiser steigt neben der Kaiserin zum Throne empor. Beide stehen – die Kaiserin sieht wieder entzückend aus in einem meergrünen Kleide; den schwarzen Schirm hält sie mit lässigster Anmut vor sich hin. Der Kaiser blickt ernst, unverwandt ernst mit gerunzelten Brauen. Großer Lärm fortwährend; die erste Rede steigt – »pst! pst!« von allen Seiten, doch niemand außer dem Kaiser versteht ein Wort des Herrn Kühnemann. Der vollständige Mangel an Feierlichkeit überrascht; aber die Tausende sind nicht zu bändigen, ungezählte Privatgespräche beleben die Szene. Die Rede dauert auch etwas lange! ... Bei der zweiten betrachtet der Monarch angelegentlich die Decke. Dann, nach Felisch, redet Goldberger, der korpulente schwarze Herr, der in Gesellschaften von beweglicher, flotter Gewandtheit ist; als er fertig ist, macht er stramm linksum kehrt – noch eine Minute, und Berlepsch eröffnet die Ausstellung. Sofort setzt der Kaiser den Helm auf, schreitet die Stufen herunter, und der Rundgang beginnt. Es sieht aus wie eine große Polonaise, vornweg Diener und Komiteemitglieder, eins immer beflissener und wichtiger als das andere, in der Mitte der Kaiser und die Kaiserin mit Prinz Friedrich Leopold, der sehr vergnügt aussieht, dahinter der Hof (Ferdinand macht sich bei einer Dame beliebt), zum Schluß die Botschafter in ihren Maskenkostümen. Der Kaiser strahlt jetzt, er kommt aus dem Lachen nicht heraus und wird nicht müde, die Vivat schreienden Anwesenden (durch deren dichte Menge Zeremonienmeister und Ausschußleute einen künstlichen Weg, in nervöser Hast vorausrennend, bahnen) zu grüßen. Hochrufe, ununterbrochen, dazu Männergesang von oben, Orgelklänge, Heil Dir im Siegerkranz, nochmals hoch, hoch, hoch, der Kaiser entfernt sich wieder, er kehrt nach einem Weilchen zurück, hoch, hoch, hoch, Heil Dir im Siegerkranz, erneuter Rundgang, der Kaiser muß sich schier durch die Geladenen drängen, hoch, hoch, hoch, Ferdinand lächelt verlegen, der Hofzug schreitet endgiltig dem Ausgang zu, Heil Dir im Siegerkranz ...

Dann ein wüstes Stoßen, die elegante misera plebs von unten wird in den höheren Kuppelraum zugelassen zu den Erwählten, die Herrschaften alle stürmen die Treppen herauf, Tohuwabohu – und jetzt hinaus in den Park, hinaus, hinaus ...!

3. Mai 1896

Die Welt – daheim

Die Ausstellung ist etwas Grandioses. Es ist nicht ein Dorf, das hier geschaffen wurde, sondern eine Stadt. Vielleicht mehrere kleine Städte. Und doch hat der Kernpunkt der Ausstellung nicht städtischen Charakter. Man fühlt sich an einen Weltbadeort erinnert. Man stelle sich Anlagen vor, zehnfach großartiger als in Wiesbaden oder Karlsbad, aber im Charakter eines internationalen Riesenkurorts, und diese Anlagen umgeben von der gewaltigsten Kraft und der raffiniertesten Eleganz moderner Industrie. Ringsherum, nicht dicht nebeneinander, sondern auf unübersehbarem Raume zerstreut, einzeln stehende Häuser, zwei und drei Stock hoch, nur zur Ausstellung errichtet; ihre Zahl geht in die Hunderte. Der Hauptpalast steht am westlichsten Ende.

Es ist im ganzen ein Riesenterrain, größer als das der Pariser Weltausstellung. Man kann todmüde werden, um von einem Ende zum andern zu gelangen. Tatsächlich verkehrt innerhalb des Ausstellungsparks eine elektrische Rundbahn, welche dem Bedürfnis aller derer entgegenkommt, die nicht passionierte und trainierte Fußgänger sind.

Wundersam wirkt das lange Mittelstück: der ausgegrabene »Neue See«, an der einen Schmalseite das architektonisch reizvolle Hauptrestaurant von Adlon und Dressel, an der andern eine prachtvolle, niedrig gewölbte steinerne Wandelhalle mit allem erdenkbarem Zubehör für verwöhnte Kulturmenschen: Lesestuben, bequemste Postämter (die Beamten triefen vor Liebenswürdigkeit, der Eröffnungstag hat auch sie berauscht), Auskunfteien, Schreibzimmer mit raffiniertem Komfort für Journalisten, fliegende Buchhandlungen, Toilettenzimmer, ständige Zeitungsdruckereien mit Expreßausgaben, Cafés, Telephonräume, Geschäfte – was man begehrt! Hier schließt sich gleich der Hauptpalast an, dessen Inhalt eine endlose Reihe von gläsernen Riesenschmuckkästen ist. Wir können heut hier nicht verweilen. Von der Wandelhalle aus hat man immer den unbezahlbaren Blick über den Neuen See hinweg nach dem weit entfernten korrespondierenden Terrassengebäude, dessen Uferräume von Menschenscharen, in ihrer Kleinheit kaum unterscheidbar, besät sind. Am Hauptgebäude abseits führen besondere Wandelgänge, gegen Regen sorglich gedeckt, unter denen Zehn- und Zwanzigtausende bequem promenieren können. Der eine Gang führt in die Nähe eines Negerdorfes, zugleich an eine Riesentreppe, nach deren Überschreitung man

Oben: Hauptausstellungsgebäude
Unten: Kairo in Berlin

Postkarten – *Bildarchiv Preußischer Kulturbesitz*

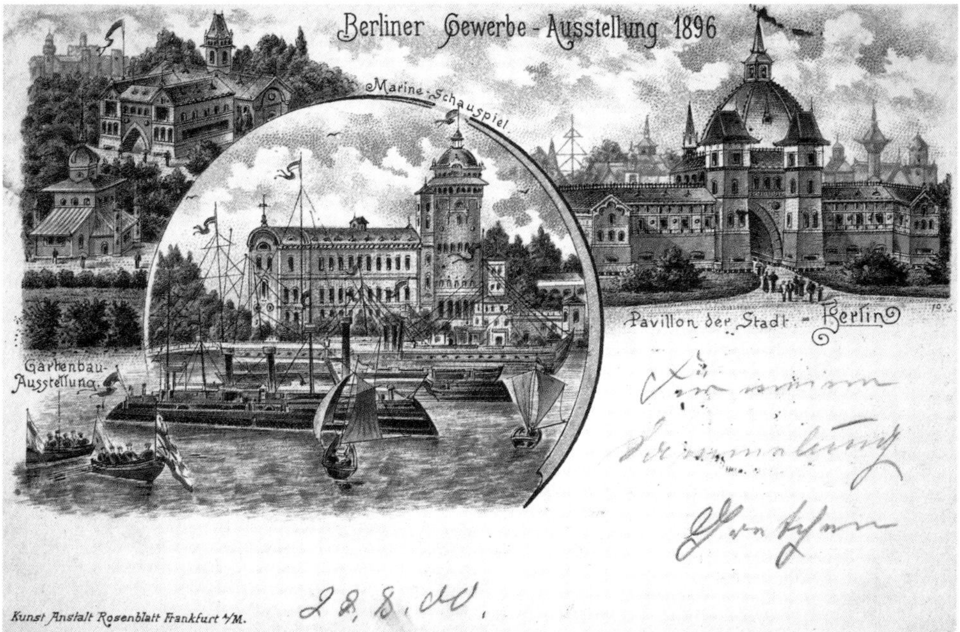

Oben: Pavillon der Stadt Berlin und Marine-Schauspiel
Unten: Kolonialausstellung Postkarten – *Bildarchiv Preußischer Kulturbesitz*

nach »Kairo« gelangt. Und hier ist eine besondere Attraktion dieser attraktionsreichen Ausstellung.

Es ist ja wahr: im Grunde ist »Kairo« nur ein enormes Tingeltangel. Aber eines, das die Phantasie in ungeahntem Maße anregt. Hier ist der leibhaftige Orient. Beduinen, Derwische, Kairenser, Türken, Griechen und die dazugehörigen Weiberchen und Mägdlein sind in unbestreitbarem Originalzustande vorhanden. Ein Palmenwald erhebt sich – der ganze Wald ist mühsam eingepflanzt –, eine Reihe von Geschäften und Spelunken winkt, an denen man nicht vorübergehen kann, ohne einzukehren, der ganze seltsame Zauber morgenländischer Pracht tritt bannend zutage, Kamele durchrennen den Sand im Galopp, Wüstenkrieger auf den kostbaren Sätteln, Esel traben wie verrückt mit Ägypterinnen, Berberinnen und Weißen durch die winkligen Gassen, hier sitzt ein afrikanischer Schuster mit übergeschlagenen Beinen in seiner Luka, dort tanzt ein Derwisch den grausigen Muscheltanz, in dem er wie der Gottseibeiuns klappert und heult, dort jagt eine Schöne mit schwarzem Teint auf einem Schimmel dahin, hier ladet ein Türke zu einer Tasse Kaffee ein, hier ist ein verschwiegener Raum, in dem man den berauschenden Bauchtanz vorführt – und alle diese östlichen Männer und Weiber, von der gelben bis zur tiefschwarzen Gesichtsfarbe, sind vom Orient unmittelbar nach Berlin transportiert worden. Sie sind sich der Schaustellung, die ihr Amt ist, wohl bewußt und posieren wahrscheinlich grenzenlos. Das Ganze ist, wie angedeutet, ein starker Mumpitz – aber doch unleugbar ein sehr geistvoller und ein sehr anregender Mumpitz.

Am entgegengesetzten Ende: Alt-Berlin! Was soll man davon nach dem ersten Eindruck sagen? Es ist eine Stadt! Eine ganze, kleine Stadt, aus künstlich-schäbigen Ziegeln errichtet, mit allen den Türmen und Kirchen und Rathäusern und Kneipen und Laubengängen und Gärten einer versunkenen Zeit. Straßen und Marktplätze gibt es hier und Gehöfte und Hütten und altertümliche Lustorte. Es ist etwas schlechthin Wunderbares. Ein Meisterwerk moderner Bau- und Imitationskunst. Bevölkert ist diese Stadt von altdeutsch kostümierten Männern und Frauen; und ganze Scharen von grünen und roten Jungfern wimmeln als Kellnerinnen und züchtige Schleußerinnen dort herum – mir ist, als hätte ich sie schon in der Friedrichstraße zu Berlin mit geschminkten Wangen laufen sehn. Am Ufer des großen Karpfenteichs aber erheben sich die Bollwerke und Zinnen der untergegangenen Stadt, und die scheidende Abendsonne wirft ihr Licht von drüben (wo die westlichen

Damen Eis löffeln) auf diese Zinnen und diese Bollwerke. Es ist eine unglaubliche Illusion. Die Kommerzienrätinnen aus der Tiergartenstraße schwärmen für das Fischerdorf ...

Geld wird man viel los, wenn man durch die Ausstellung wandert ... Denn jede dieser Separatabteilungen kostet ein Separateintrittsgeld, und am ersten Tage sogar das Vierfache der sonst üblichen Summe. Todmüde wird man auch ... Nicht nur die Beine werden müde vom Gehen, auch die Augen vom Sehen. Man muß zwanzigmal dagewesen sein, um die Ausstellung ein wenig zu kennen. Sie ist noch nicht im geringsten fertig; überall ragen noch Gerüste in die Luft, und vor dem Fünfzehnten wird sie nicht vollendet sein. Aber schon heut nimmt man den klaren Eindruck mit: es ist etwas Großartiges, etwas Großartiges, etwas Großartiges!

3. Mai 1896

Brüder aus Neu-Guinea

In der Kolonialausstellung gibt es Negerdörfer mit Eingeborenen. Die Eingeborenen sind aus unsern fernen Siedelungen hertransportiert, die primitiv-grotesken Hütten wohl künstlich nachgeahmt. Ein unglaubliches Tohuwabohu empfängt den Besucher. Unsere transatlantischen Brüder halten sich nämlich für sehr musikalisch, aber sie sind es nicht – bei Gott, nein!! Sie heulen mit gefletschten Zähnen und seltsam vorgeschobenen Lippen volle Stunden hintereinander eintönige Sänge, mit ganzer Lungenkraft, als ob sie nach der Stärke bezahlt würden, sie klappern dazu mit Muschel-Instrumenten, in Reihen auf der Erde sitzend; hinter ihnen paukt ein Schwarzer, dessen Gesicht die Züge eines Dromedars in erschreckender Weise zeigt, auf eine kürbisähnliche Trommel los, die Mädchen tippen mit einem Stab auf ein breites besaitetes Stück Holz, und drei von ihnen führen vor der Front seltsame Gliederzuckungen aus, eine Kreuzpolka von Neu-Guinea offenbar; vor ihnen steht dirigierend ein langer Schwarzer, der in Augenblicken der Erschlaffung durch Blicke und Püffe belebend eingreift. Die ganze Schar aber scheint sich sehr wohl zu fühlen; fast alle lächeln und bekunden einen gewissen Übermut.

An den hohen Pfahlzäunen der Dörfer hängen gebleichte Schädel erlegter Feinde; zuerst sehen sie wie weiße, große Knöpfe auf Stangen aus, dann erst erkennt man lächelnd ihre Furchtbarkeit. Man schreitet durch die einzelnen eingezäunten Abteilungen und Gehöfte der Dörfer, blickt in die zahlreichen niederen Binsenhütten und bekommt immerhin einen halben Einblick in die Kultur unserer Mitbürger. Man sieht ihre Damen hier und da einen Eimer schmutzigen Wassers hinaustragen und ausgießen, man sieht die Männer draußen etwas Warmes kochen – bei dieser barbarischen Kälte aber auch! Bald stößt man wieder auf einen Stamm, der heulend und unermüdlich monotone Nationaltänze aufführt. Hier bildet sich eine schwarze Gruppe um einen anwesenden Kolonialfreund, den man nicht bloß am Scheitel und dem eigentümlich knapp sitzenden Jacket erkennt; dem man auch die praktische Erfahrung in den Kolonien am bronzefarbenen Gesicht ansieht. Er ist mit der Gattin erschienen und fragt einen der Schwarzen, der ihn zu kennen scheint und auf ihn zukommt: »Na, wie geht's – was freßt ihr denn hier? auch Kartoffeln? Das Beest ist ordentlich dick geworden.« Er gibt ihm auf einen der rückwärts belegenen Körperteile einen freundlichen Hieb mit der flachen Hand, daß es knallt, und die Gattin klopft zwei bis drei Mal auf das wollige Haar; Handschuhnummer 91/4. Der dunkle Mitbürger, der in diesen Scherzen eine unleugbare Schmeichelei empfindet, lächelt dankverbunden und sucht seiner halb verlegenen Freude sichtbaren Ausdruck zu verschaffen. Auch andere Eingeborene kommen hinzu, sie kennen den Herrn ebenfalls. Auffallend ist die etwas heuchlerische und gezwungene Freude, die auch bei ihnen zutage tritt. Man ahnt, daß sich diese Gesellschaft gegebenenfalls sehr geschickt verstellen kann. Sie benehmen sich wie Schulknaben gegenüber einem Lehrer, den sie im Privatleben irgendwo treffen; das Zusammentreffen läßt sie eine hocherfreute und angenehm berührte Miene aufsetzen, sie wären aber zehnmal froher, wenn sie ihn nicht getroffen hätten. Wie tief und fest mag bei den Herrschaften das Christentum sitzen.

Höchst fesselnd ist die große Kolonialhalle, die sich jenseits einer Riesentreppe in der künstlich hergerichteten Zanzibar-Stadt befindet. Hier bekommt man eine klare Einsicht in die Mittel der afrikanischen Kolonisierung und zugleich in die Kultur der Kolonisierten, in ihre Waffen, ihre Fetische, ihre Lebensmittel. Daneben eine Masse von Jagdtrophäen berühmter Deutsch-Afrikaner, ausgestopfte Tiere, Geweihe, Elfenbein. Es ist vieles sehr schön, aber ein gewisser renommistischer Zug geht durch das Ganze – etwas Knabenhaftes.

10. Mai 1896

Eine Seeschlacht im Park

Der frisch ausgegrabene Neue See in Treptow, an dessen Ufern Dressel und weiter oben Café Bauer liegt, fesselt die Berliner mehr als die theatralischen Ausgrabungen. Von einer Gesamtschilderung des Lebens auf der Ausstellung kann jetzt freilich nicht die Rede sein; aus dem einfachen Grunde, weil sich das Leben dort erst entwickeln soll. [...] Man kann sich vorläufig nur an einzelne Abteilungen halten. Es gibt da zwei, welche immer ein besonderes Publikum beherbergen; eine Besucherschar, die sich durch bestimmte politische Anschauungen auszeichnet; man hört das leicht aus allerhand Äußerungen heraus, physiognomistische Tüftler wollen es sogar an der körperlichen Erscheinung erkennen. Es handelt sich um die Marineschauspiele und die Kolonialausstellung. Hier ist der Typus des Offiziers in Zivil, des großen gebräunten Herrn mit dem liebevoll gepflegten Schnurrbart, häufiger als sonstwo; namentlich in der Kolonialausstellung wimmelt es von tapferer Männlichkeit und resoluter Vornehmheit, und die Anzahl der menschenwürdigen Scheitel nimmt sichtbarlich zu.

Die Marineschauspiele sind sehr fesselnd. Den Eingang zu ihnen bildet ein schiffsartiger Bau. Hinter diesem Riesenfahrzeug ist ein quadratisches Gewässer ausgegraben, dessen Hintergrund besteht aus einer Seefestung und einem Küstenstrich – natürlich aus Pappe –, aber sehr täuschend. Auf dem Gewässer bewegen sich in drei Meter langen Nachbildungen deutsche Kriegsschiffe. Es sind bestimmte Geschwader, die hier in zierlichen und geschickten Modellen kopiert sind. Jedes der Kriegsschiffe – vom Admiralsschiff bis zum kleinen Aviso – wird durch einen darin verborgenen, eng eingezwängten Mann gelenkt, und sie schießen, elektrisch getrieben, mit wahrhaft blitzartiger Geschwindigkeit auf der Wasserfläche entlang und führen alle Manöver aus, die bei unserer Marine üblich. Nicht genug daran: sie schlagen Seeschlachten, zwei Geschwader rücken gegeneinander vor und beschießen sich, es knallt von einem Fahrzeug nach der Breitseite des anderen, piff, paff, bumm, bumm, bumm, man sieht den Pulverdampf sich hinüberziehen, das eine Geschwader retiriert, das andere verfolgt. Dann findet ein Angriff auf die Seefestung aus Pappe statt. Ein Geschwader rückt vor, aber aus den Luken des Forts knattert und dampft es heraus, bumm, bumm, ein großes Panzerschiff nähert sich dem Hafeneingang – da krack, krack, krack, explodieren Torpedos, die am Hafeneingang versenkt worden sind: es ist ein seltsamer Anblick, wie der weißgraue Dampf zischend und knallend aus dem Wasser emporfährt wie ein Pulverspringbrunnen; der Panzer aber zieht schwer verletzt, etwas nach der Seite gebeugt, ab. Und so werden die größten Siege erfochten, zum Schluß rauscht die herrliche weiße »Hohenzollern« machtvoll durch die Fluten, es werden Salven abgegeben, die ganze Luft über dem Wasser wird von Pulverdampf erfüllt, die Täuschung ist wirklich groß, und dazu kann man am Ufer sitzen und Bier trinken. Und diese siegreichen Schlachten werden fünf bis sechs Mal des Tages geschlagen, in Zwischenräumen von zwei Stunden, und kostet jede zum Zusehen nur fünfzig Pfennige.

10. Mai 1896

Beduinen im märkischen Sand

Nun hat auch die Direktion von »Kairo« etwas Besonderes für die Fremden tun wollen und am Freitag ein orientalisches Nachtfest veranstaltet. Es war in Wahrheit ungewöhnlich hübsch. Ganz wundervoll orientalisch und dabei doch immer ein kleiner parodistischer Beigeschmack. Das ist aber die spezifische Art solcher Berliner Veranstaltungen. Ein Bild prägte sich mir gleich bei der Ankunft merkwürdig tief ein. Die große Pyramide, deren unbequem riesige Stufen sich massig vom Nachthimmel abhoben, glomm im roten Feuerschein, der von unten dämmerhaft und zitternd auf sie fiel. Und im Schatten der Steinstufen standen unbeweglich in ihren weißen Gewändern die Beduinen, die braunen Köpfe halb verhüllt, in den dunklen Augen zugleich Phlegma, Müdigkeit und latentes Feuer. Unten der Rest der großen Schar, seltsam gruppiert mit allen Kamelen, Gazellen, Rossen und Eseln. Ein einziges Funkeln von Waffen und Steinen. Die weißen Gewänder leuchteten durch die Nacht. Eine Riesengruppe voll schwermütiger Ruhe und zugleich zurückgehaltener wilder Bewegung. Eine Illusion von ganz gewaltiger, hinreißender Kraft. Tausende und Zehntausende von Fremden und Berlinern wogten durch den Wüstensand, der mit dem märkischen eine so auffallende Ähnlichkeit hat. Tausende und Zehntausende von Lampions gingen am First der Bazare und Tempel entlang und schwangen sich hoch im Bogen herüber zu den Moscheen und Palästen, in welchen Bier getrunken und Kasseler Rippenspeer verzehrt wird. Feurige bunte Girlanden rankten sich an den Toren der Geschäftsläden und türkischen Cafés, der Bauchtanzlokale und afrikanischen Theater empor, und der Palmenwald, der am Ufer des kleinen künstlichen Sees errichtet ist, strahlte in zauberischem farbigem Glanz. Die Kamele hatten so viel zu tun wie noch nie. Ununterbrochen trabten sie mit holdseligen Weibern, denen die Schminke zwei Millimeter hoch auf den keuschen Backen lag und die sich des größeren ästhetischen Effektes wegen das Haar zu färben lieben, durch den erwähnten märkischen Wüstensand. Hellauf kreischten die Lieblichen, sobald sich das Schiff der Wüste, das nur in gekauertem Zustande besteigbar ist, mit hörbarem Ruck erhob und loszurennen begann. »Weg! weg! weg!« brüllten in sehr korrektem Deutsch die dunklen Kameltreiber in das knüppeldick angesammelte Publikum hinein. Oben auf den Sätteln saßen die Keuschen, ein wenig schwankend, aber voll Courage und aus tiefster Brust den »Rixdorfer« anstimmend. Den Rixdorfer wiederholte in seligem Chor das knüppeldick angesammelte Publikum. Die Kameltreiber brüllten ... Berlin ist schön, Berlin ist groß.

14. Juni 1896

Der Traum von Indien

Und neues Leben blüht aus den Ruinen. Da, wo Transvaal pleite gegangen ist, am Kurfürstendamm, erhebt sich neu und strahlend eine indische Ausstellung von traumhafter Schönheit. Noch hallt zitternd ein Seufzer aus den Tiefen einer Bilanz, und schon ertönt fröhliches Elefantengebrüll und munteres Zebublöken aus den Ställen an derselben Stätte. Noch schwebt als Erinnerungsbild ein wankender Aktionär, die Knie geknickt, vorüber, und schon tänzelt ein Oberkellner am gleichen Orte dahin, die Serviette heiter geschwungen, als ob nichts passiert wäre. Es ist die ewige Auferstehung der Natur, das herrliche Wiedererwachen des Kapitals, die großartige, zur inneren Einkehr mahnende Neugeburt von Spesen, Gehältern und etwaigen Dividenden, der junge Frühling eines verstärkten Kneipenlebens, die holde Morgenröte neuen Biergenusses. Auch Bajaderen finden hier ein frisches Feld der Existenz; wie sollte es in Indien keine Bajaderen geben? Der Frühling naht mit Brausen. Und – das steht fest – neues Leben blüht aus den Ruinen.

Ein Elefant ging einsam gestrigen Tages durch die Gassen der indischen Stadt, ohne Gefährtin, bloß von Wärtern begleitet. Einsamkeit lag auf seinem Gesicht. Ein Zug von altem, unauslöschlichem Pessimismus. Zuweilen brüllte er, daß man es noch in Charlottenburg hörte. Die Treiber mißhandelten ihn dann nämlich mit einem eisernen Stachel, der aus einem Holzknüppel hervorragte. Er sollte sich an die Wege gewöhnen, und sie trieben ihm den Stachel in den Leib, zerrten ihn mit voller Manneskraft an den Ohren, und dann, wie gesagt, stieß er ein schreckliches Schmerzgebrüll aus. Er dauerte mich. Das nordische Klima war ihm vielleicht auch unangenehm. Auf seinem Rücken aber war ein Baldachin befestigt, und mehrere Menschen saßen dort, und es muß furchtbar in ihnen gedröhnt haben, wenn der Elefant brüllte. Ich dachte: vielleicht rennt er jetzt davon und zertrümmert die ganze Ausstellung. Er tat es nicht.

Einsam und frierend standen die Indier herum; diese schönen stillen Menschen, welche anderwärts, nach einer mehrfach wiederholten Behauptung, vor Lotosblumen knien sollen. Etwas Feines, Gesittetes, Edles kennzeichnet das Wesen dieser Dunklen, die ihr langes, schwarzes Haar in griechische Knoten gewunden haben. Lieblich-still grüßen sie den Vorübergehenden, gelegentlich leise lächelnd, mit einer taktvollen Anmut, die sie uns innig nahebringt und die sie für Zeit und Ewigkeit von den zähnefletschenden und grinsenden Negervölkern scheidet. Bei den Mongolen fühlen wir gleich die Bestie heraus; bei diesen aber sprechen wir: ecce homines! Siehe da, es sind unsere Brüder. Der Buddhagötze, den sich ein Sonderling in der Regentenstraße vor seiner Villa aufgestellt, hat hier Kollegen. Sogar in Masse. Aber keiner ist so schön wie er. Hier sieht alles bloß nach Pappe und Leinwand und dünnen Brettern und Billigkeit aus. Daß die malerischen Effekte dieser Kulissen besonders hinreißend wären, wird man nicht behaupten. Zwiebelförmige Kuppeln ragen in die Lüfte, kleine Häuschen, Tempel, Bazare, Werkstätten erheben sich, auch ein Theater, eine Arena und viele, viele, viele Kneipen – aber etwas Frostiges liegt über dem Ganzen. Keine Ahnung von Bombay. Eher schon von Wertheim.

Jedoch Fakire, liebe Zeitgenossen, gibt es dort; Beschwörer, Feuerfresser, Nabelbeschauer, Schlangenbändiger, Ringkämpfer, Tänzer, Taschenspieler. Das ist eine Welt, die noch unerklärte Wunder birgt. Das ist der seltsamste Teil der Ausstellung; er zieht auch die Freunde okkultistischer Wissenschaften heran. Denn für das Lebendigbegrabenlassen und andere schwierige Sachen, welche verborgene Kräfte der menschlichen Natur zu enthüllen scheinen, schreibt man den Indern das Monopol zu. Freilich sollen diese Fakire gräßlich mogeln. Aber etwas Heiliges, Tiefes, Urmenschliches bleibt ihnen darum doch. Sie mogeln in priesterlicher Größe. Sie beschummeln in stiller, ewiger Weihe. Sie vereinen die Ekstase mit der Gaunerei. Und in der Autosuggestion, in der Fähigkeit, sich durch Willenskraft etwa über die schrecklichsten Schmerzen hinwegzutäuschen, scheinen sie in der Tat einsam dazustehen. Wenn die deutschen Landwirte sich Schmerzen suggerieren sollen, die sie nicht haben, so kann man die Fakire gewissermaßen als umgekehrte Landwirte ansehen. Aber nicht die Fakire sind der Hauptzweck dieser Ausstellung. Vielmehr dasjenige, was immer der Zweck berlinischer Ausstellungen ist. Derselbe Schopenhauer, der ein so großer Inderfreund war, hat gesagt, daß für den Deutschen ein Spaziergang nur ein Umweg ins Wirtshaus sei. Er wußte Bescheid. Es bleibt fraglich, ob die importierten Inder sich nicht ärgern, daß man in ihren Gotteshäusern Weißbier säuft. Kein Windheim fragt darnach. Und hier ist sogar Bosse ein Freigeist. Alles in allem wird die indische Ausstellung mehr »machen« als das verkrachte Transvaal; aber weniger als Venedig aus Pappe, weniger als Kairo in Treptow, und im nächsten Jahr wird vielleicht Lappland auf ihren Trümmern erstehn, denn die Völker der Erde marschieren der Reihe nach am Kurfürstendamm auf und machen sich dabei ethnologische Notizen über die Berliner. Sie werden da aufschreiben, daß es ein Volk von jungen Leuten ist, welche unbegründet anfangen zu blöken, kille-kille zu rufen, zu drängeln; ein Volk, dessen junge Mädchen oft durch Biergenuß beschwipst sind und den Hut schief aufhaben; und ein Volk, dessen Nationalhymne mit den Worten beginnt: »Es war ein Sonntag hell und klar«. Manche behaupten, sie beginne: »Emma, mein geliebtes Mauseschwänzchen«.

24. April 1898

Weibliche Aufstiege

Verschiedene Arten der Befreiung

Endlich auf Deck

»Immer höher muß ich steigen, immer weiter muß ich schau'n.« Euphorion, der holde Hüpferich, den Faust recht sehr zielbewußt mit der griechischen Helena zeugt, ruft jauchzend diese Worte. Und die lieben Frauen und Jungfrauen an der Panke, welche jetzt ein Pferdebahnverdeck unbehindert von des Staates Häschern besteigen dürfen, wiederholen die Worte jauchzend. Immer höher dürfen sie steigen, und hoch oben dürfen sie ihre Füße herabbaumeln lassen und den Saum ihrer Unterröcke zeigen, auch wenn ihre Mutter keine Helena war. Dadurch wird eine belangvolle Veränderung des Straßenbildes wiederum herbeigeführt. Nur dunkelgekleidete, eckige Gestalten hockten bisher dort in den Luftsitzen, phantasielose Geschöpfe in Hosen, und sie rauchten Zigarren. Jetzt werden die hellen Fähnchen daneben thronen, die rosa Blusen und die weißen Blusen, die lila Röcke und die Crème-Röcke; und Mull und Satin und Foulard an Stelle des ewig nüchternen Kammgarns.

Ist es nicht eine Lust, Chronist zu sein und so wesentliche Ereignisse verzeichnen zu dürfen! Spaßhaft scheint jedenfalls das Vorgehen der Polizei, welche nur probeweise das Emporklettern der Weiberchen erlaubt und dadurch gewissermaßen einen erziehlichen Einfluß zu üben gedenkt. Benehmt ihr euch unanständig, so dürft ihr nicht mehr klettern! Seid ihr aber artig, dann dürft ihr oben bleiben und »immer weiter schauen«. Der erste Anstoß zu dieser epochalen Veränderung wird, so mich der angeborene Scharfblick nicht trügt, von den Mailcoaches ausgegangen sein. Das sind die berüchtigten englischen Kutschen, die man jetzt für Ausstellungsfahrten bei uns eingeführt hat. Sie gleichen alten, schweren Postwagen, bei denen immer zwei »Chaisen« zu einem großen länglichen Gefährt zusammengeschweißt sind,

Potsdamer Platz – Zeitenwechsel: Der Aufstieg aufs Oberdeck ist jetzt auch Frauen gestattet – Foto, um 1900 *Archiv für Kunst und Geschichte*

welches von vier Pferden gezogen wird. Oben sitzt neben dem englisch rasierten Kutscher ein englisch rasierter Gehilfe, ein Coachman mit einer schmalen länglichen Tuba. In diese Tuba stößt der Coachman, und ein Ton erschallt, furchtbar und mahnend wie der grelle Klang der altjüdischen Schofar-Trompeten. [...]

Die Mailcoaches besitzen gleichfalls Decksitze. Und auf diese dürfen die Damen von jeher klettern. Es geschieht aber auf folgende Weise. Eine schmale, zierliche, zwei Meter hohe Leiter von rotem Holz wird einfach an den Wagen gelehnt, man erklimmt die Sprossen und sitzt bald vergnügt auf Deck. Immerhin, eine besondere Vorsicht ist beobachtet. Die eine Seite der Leiter, diejenige, welche nach unten kommt, ist mit Leinwand tapeziert. Dadurch wird jeder Durchblick frecher Männeraugen verhütet; die Sache stammt aus England. Weil nun bisher sich ein öffentliches Ärgernis aus diesen Kletterversuchen nie ergeben hat, ist wohl das Herz der Behörde erweicht worden, und man gab auch die vulgären Pferdebahnen frei. So daß

jetzt die bedenkliche Situation, welche der alte Fontane einmal in knapper Meisterschaft gezeichnet hat – die Fensterputzerin –, auf allen Straßen und allen Wagen sichtbar wird. Die Moral hat darunter nicht gelitten.

12. Juli 1896

Sie klettern überall

Das Emporklettern der Weiberchen zu immer weiterem Schauen ist ein reinstes Symbol von erstaunlicher Aktualität. Heut klettern sie in Berlin überall empor; nicht zuletzt die Treppen der Universität, nicht zuletzt die Treppen der königlichen Bücherei, nicht zuletzt die Redaktionstreppen. Noch jetzt, wo eine »Bullenhitze« im letzten Monat vor den Ferien über den Hörsälen lagert, wandeln sie mit ihren Mappen durch die Korridore und schreiben auf den Pulten nach, wie wenn sie pro Stunde bezahlt würden. In dem kühlen Zeitschriftenlesezimmer des Bibliothekflügels in der Behrenstraße sitzen sie über mathematischen und juristischen Journalen, oder sie lesen die »Zeitschrift für deutsches Altertum« und machen Notizen. Gekleidet sind sie nicht immer so asketisch, wie ihr gelehrter Beruf vermuten läßt. Oft zwar ein schwarzes Kleid, aber mit einer gewissen Raffiniertheit im Sitz, die ein angelegentliches Probieren der Wirkung voraussetzt. Vollends die Führerinnen der Bewegung kleiden sich nicht in härene Gewänder. Die Lily von Gizycki, die Maria Janitschek, und wie die Heroinen heißen, ziehen sehr elegante und sehr gut sitzende Toiletten irgendwelcher Emanzipierten-Uniform vor. Und, großer Vater, ist es nicht ein Glück, daß sie manchmal so hübsch aussehen! Man soll das Gute nehmen, wo es sich bietet. Und wenn erst die Philister weiterer Kreise wissen, daß selbständige Frauen im Äußeren nicht immer Petroleusen gleichen, wird die frischfröhliche Bewegung noch rascher wachsen als jetzt, wo in Berlin eine einzige flammende Erregung die Busen hebt und senkt; wo selbst die kleinen Mädchen, die bei Gerstel Hüte garnieren oder bei Gerson Schirme verkaufen oder mit der Musikmappe in die königlich Joachimsche Hochschule gehen, nichts anderes tun als auf den Reichstag nachträglich schimpfen; wo selbst diese Erlaubnis zum Verdeckklettern einen Schrei des Jubels ringsum geweckt hat.

12. Juli 1896

Aufs Rad und in die Hose

Und gerade in diesem heißen Julimond tritt auch eine andere Gattung befreiter Frauen scharf hervor – die elegantesten und zahmsten; die nur körperlich emanzipierten: die Radlerinnen. Die wohnen meist im Westen, wo er am westlichsten ist. Weil wir eine Ausstellung haben, sind viele Kuponschneiderfamilien nur im Mai auf vierzehn Tage nach Karlsbad gegangen und bleiben vorläufig in Berlin, bis sie im August ein Seebad aufsuchen. Indessen wird geradelt. Die Gattinnen radeln, und die Töchter radeln hinterher. Das geschieht jetzt in auffallendem Umfange auf dem Kurfürstendamm, jener breiten Zukunftsstraße, die nach dem Grunewald führt und welche einst im Range an die Stelle der Tiergartenstraße treten wird – einst, wenn die künftigen Millionäre sie vollständig mit Villen bebaut haben werden. Hier sieht man jetzt täglich Schwärme von Damen in seltsamen Kostümen. Sie tragen keine Röcke, sondern weite, bauschige Hosen. Einige zwar stecken noch im Rock, aber die sozial besseren Elemente treten nur in Hosen auf. Eine berühmte Radfahrerin ist Frau Agnes Sorma; sie bevorzugt gleichfalls die Hosen; jetzt freilich radelt sie nicht in Berlin, da sie von Karlsbad über das Salzkammergut nach Konstantinopel eine Landpartie macht. Sonst ist sie ein täglicher Gast auf dem Kurfürstendamm. Die Gestalten, die sich jetzt dort tummeln, sehen zum Teil reizend aus; besonders wenn ihr Radkleid hellgrau und ihr Haar blond ist, zwei Farben, die vortrefflich zusammenpassen. An die Form der Hosen gewöhnt man sich schwer. Etwas von der ruhigen Würde wird ihren Trägerinnen genommen; sie nähern sich, auch mit ernsten Mienen, immer einem drolligen halb kindlichen Typ, und bei minder graziösen Erscheinungen wirkt das nicht angenehm. Bei manchen aber tritt jener reizvolle Zug hervor, der das Weib mit dem Knaben verbindet; der Zug, welcher am Georg im »Götz« oder an dem Wilbrandtschen Nymphas in die Augen springt. Natürlich erscheinen die Gestalten kleiner und wesentlich verzierlicht. Am hilflosesten sehen sie in jener Nachbarstraße des Kurfürstendamms aus, der Knesebeckstraße, die man wegen ihrer Stille und ihres geeigneten Pflasters zur Lehrbahn gestempelt hat. Hier werden unter freiem Himmel die ersten Strampelversuche aller fashionablen Fahrerinnen gemacht. Ein Angestellter von »Meyer« – ein gewisser Meyer macht auf diesem Gebiet alles – läuft neben jedem Rade her und hält die Dame an einem breiten Ledergurt mit hinten befestigtem Griff. Sie vollführt krampfige Gliederzuckungen,

Berliner Radfahrschule – Holzstich nach einer Zeichnung von Werner Zehme – Aus: Illustrierte Zeitung, Leipzig und Berlin 1896 *Archiv für Kunst und Geschichte*

lacht, schreit, kräht, taumelt – aber ehe sie ganz gefallen ist, hat sie der Mann aufgehalten. Sie erholt sich, sie steigt zaghaft wieder aufs Rad – »treten! treten!« brüllt der Mann, sie tritt, sie fährt zwei Meter weit, dann sieht man sie erbleichen und sinken hin, und dieses angenehme Schauspiel wiederholt sich stundenlang und an fünfzig verschiedenen Stellen. Wer Muße hat, sieht mit hochgezogenen Augenbrauen den Übungen der Tapferen zu und freut sich still im Gemüte, daß in dieser Zeit der erbarmungslosen sozialen Kämpfe noch ein abgelegener Raum ist, wo derlei Dinge mit solchem Eifer getrieben werden, als hinge von ihnen die Erhaltung des Menschengeschlechts ab.

12. Juli 1896

Kongreß im Rathaus

Damit man gegenwärtig nicht vor Langweile verende, finden hier allerhand Zusammenkünfte statt. Ein heiterer Kongreß jagt den anderen. Erst kamen die Schriftsteller. [...] Aber die Weiber, die im Rathaus tagen, wecken starke Beachtung. Warum? Zunächst, weil sie Weiber sind. Man erwartet sich ein Fest; etwas, das sehr merkwürdig verläuft; das leicht grotesk werden kann. Denn auf diese Wirkungen geht man hier zuerst. Dann aber, weil das Streben der Frauensbilder doch als etwas wahrhaft Berechtigtes im Grunde gefühlt wird. Man glaubt, hier eine moderne Bewegung mitzumachen, während in den Verhandlungen der Anwälte und der Schriftsteller minder wesentliche Fachsimpeleien erblickt wurden. Das mag im ganzen stimmen.

Ich habe das Programm des Frauenkongresses durchgelesen. An der Spitze steht (wie könnte es denn anders sein?) Lina Morgenstern. Sie ist eine alte Berühmtheit. [...]

... Daneben las ich den Namen Natalie von Milde. Ich kannte ihn; nicht freilich seine Trägerin, die in Weimar wohnt. Ein klar und fest geschriebenes Manuskript, das vor Monden mit der Post nach Berlin kam, enthielt einen tapferen, fast leidenschaftlichen Angriff gegen die Marholm, die klügste Widersacherin der Geschlechtergleichstellung. [...]

Dann wird Hermine von Preuschen sprechen; die dichtende Malerin, die malende Dichterin. Sie lebt für gewöhnlich in Rom [...]. Sie redet fließend darmstädtisch, und nach einer Weile muß man ihr gut sein. Es spricht aus ihr eine Seele, die nach allen luftigen Höhen strebt und die Vorurteile von sich abgeblasen hat wie Staub von einem grünen Blatt. Das nimmt für sie ein. Ihr Äußeres besticht nicht. Es hat etwas Spitziges, Unverheiratetes. Bestechend ist dieses Wesen, mit der Mischung von prickelnder Lebhaftigkeit und seliger Sehnsucht. Dabei steht sie hart an der Grenze eines noch erlaubten Alters. Sie war vor zwei Jahren sechsunddreißig. Jetzt ist sie also siebenunddreißig.

Dann wird Adine Gemberg einen Vortrag halten. Ich kenne die Dame von einem Buch her, welches sie geschrieben. Leider. [...] Es heißt »Morphium«. Plumpe, klotzige Sensationswirkungen [...]. Was mir in dem furchtbaren Bande dieser Jodoform-Sappho auffiel, war ein aggressives Vorgehen gegen uns arme Mannsen. [...]

Regungen wie diese, an anderen Frauen beobachtet, mögen einen Strindberg mitbestimmt haben, als er zur Ansicht vom ewigwährenden, blutigernsten Kampf zwischen Mann und Frau kam. Er ist ein Weiberängstling noch mehr als ein Weiberhasser; und vor allem, was beides erklärt: ein weibsüchtiger Sinnensklave. [...] zweifellos ist, daß der seltene Schwede als erster gewisse Punkte der Geschlechterfrage aus dem Neckisch-Spielenden in eine Sphäre gehoben hat, in welcher erbitterter Ernst herrscht und eine Katze immer eine Katze genannt wird. In ihm trat einer auf, der nach Jahrhunderten endlich das alte gleisnerische Scherzspiel vom »Pantoffel« satt bekam, unter dem oft ein lebenslanges Martyrium versteckt war, und der wutzitternd, ohne Angst vor Lächerlichkeit, den Satz aussprach: wenn es wahr ist, daß wir Menschen vom Affen abstammen, so stammen wir sicher von zwei verschiedenen Rassen. [...]

Werden die in Berlin versammelten Frauen seine Büste verbrennen? Und werden sie auf dem Spittelmarkt einen Scheiterhaufen errichten und die gesammelten Werke der Frau Marholm hineinschleudern? Die hassen sie nach Strindberg am meisten. Ja vielleicht mehr als ihn. Der Schwede ist schließlich ein natürlicher Gegner; er ist ja vom Geschlecht der Unterdrücker. Die Marholm aber stammt aus den eigenen Reihen. Das schmerzt doppelt. Dazu ist sie keine gewöhnliche Gans, sondern eine kopfstarke Person, die alles leistet, was von einer geistig Emanzipierten geleistet werden kann. Das schmerzt zehnfach. Diese Dame, die (nach Art aller wesentlichen Philosophen) von der Beobachtung des eignen Ichs ausging, kam freilich zu merkwürdigen Ergebnissen. Sie schrieb dem Weibe vornehmlich ein Trieb-Leben zu, wo im Mann ein Verstandes-Leben herrsche. Darum sei die Frau minderwertig. Sie hatte so wenig Furcht vor Lächerlichkeit wie Strindberg, und sie verallgemeinerte – nach den Beobachtungen, die sie an sich gemacht – so sehr wie jener. Beide waren rousseauartig zu heimlichsten Bekenntnissen bereit; nur daß der Schwede in wirklichem, tiefem Schmerz aufbrüllte, während die Dame sehr bewußt, sehr drapiert und sehr effektgierig getüftelte Paradoxen auf den Büchermarkt zum Verkauf brachte.

Beide sind immerhin die markantesten Gegner der im Rathaus zu Berlin versammelten Frauen. [...] Grundverschieden von ihnen, aber gleich im Ziel, im Angriff gegen die sogenannte Frauenbewegung, ist etwa der Züricher Professor J. Platter, ein sehr moderner und ein sehr sozialer Mensch [...]. Er will den Frauen Zutritt zu allen beliebigen Berufen vergönnen. Den wollen sie ja. Sie sollen also Schlosser, Schmiede, Fuhrleute, Tischler, Abdecker, Maschinenbauer, Sattler, Stubenmaler, Lackierer, Kaminfeger, Pflasterer, Kanalräumer, Maurer, Glaser, Dachdecker, Lokomotivführer, Parkettbodenleger, Messerschmiede, Schuster, Bergleute – und auch sonst alles werden können. Es fällt dem Professor nur auf, daß sie sich um die genannten Berufe gar nicht reißen. Hierzu haben sie ja heut schon Zutritt. Trotz der immerfort wiederholten Forderung voller Gleichstellung weisen die Emanzipationskämpfer niemals auf alle diese von Männern doch so viel benutzten Nahrungsquellen hin, obwohl hier eine ganze Menge Gelegenheit zu ökonomischer Selbständigkeit vorhanden und vollkommen zugänglich wäre für das »versklavte Geschlecht«. Daraus ließe sich am Ende folgern, daß die Frauenbewegung im wesentlichen eine Damenbewegung ist. Man streitet vorwiegend (nicht ausschließlich, aber am heißesten) für den Zutritt zur ärztlichen und juristischen Laufbahn und um das Studium in der philosophischen Fakultät. Es scheinen also Ideale vorzuschweben, die für »unanbringliche Beamten- und Professorentöchter« zugeschnitten sind. Soweit Platter. Ist es nun ein Zufall, daß jetzt die sozialistischen Frauen, die eminent tüchtige Zetkin, die so emanzipiert ist, wie man es überhaupt sein kann, und die andern alle – eine Beteiligung an diesem Berliner Kongreß abgelehnt haben? Sehen auch sie in seinen Bestrebungen wesentlich Damenbestrebungen? Offenbar. Aber auch die Sozialisten dürfen nicht pharisäisch tun. Auch bei ihnen nimmt die Frauenemanzipation zuweilen sehr bourgeoise Formen an; und hier darf man vielleicht persönliche Dinge streifen.

Bebel hat eine Tochter. Ihr Name ist Frieda. Sie studierte in der Schweiz Medizin. Nun lese ich bei Platter den Satz, daß nach seinen Beobachtungen Frauen in akademischen usw. Berufen sich gar nicht besonders wohl fühlten, daß die Mehrzahl »bei passender Gelegenheit sehr gern in die Ehe tritt und dann die Ausübung des mit so großen Kosten und Mühen Erlernten mit Vergnügen aufgibt«. Das scheint nicht nur auf den Durchschnitt zuzutreffen, sondern auch auf besondere Exemplare. Denn die Tochter des Mannes, welcher das berühmteste propagandistische Buch über die Frauenemanzipation geschrieben hat, Frieda Bebel, hängte die Medizin an den Nagel, sobald sie sich mit einem gescheiten Mitglied des anderen Geschlechts, dem Dr. Ferdinand Simon, verlobt hatte. Auch sie entschloß sich also rasch, die »Ausübung des mit großen Kosten und Mühen Erlernten mit Vergnügen aufzugeben«. Ich betone nochmals, daß ich nur zögernd mir erlaube, persönliche Angelegenheiten heranzuziehen. Aber vielleicht sind, bei Leuten von einer gewissen Bedeutung, persönliche Angelegenheiten öffentliche Angelegenheiten. Ich weiß von der jungen Dame nichts als Ausgezeichnetes. Bloß daß sie hier gehandelt hat wie eine Bourgeoise. Und es ist doch anzunehmen, daß bei der Tochter eines solchen Vaters das Verhalten eine gewisse Vorbildlichkeit birgt. Daß man für den Schritt der Tochter auch den Alten verantwortlich machen muß.

»Wer deutet mir die bunt verworrene Welt!« So ruft Grillparzers Bischof Gregor. Wo ist die Wahrheit? Bei den Rathausfrauen ist sie nicht; bei Strindberg und der Marholm ist sie nicht; bei den Sozialisten wieder nicht; und in Lina Morgensterns Suppenkelle auch nicht. Ich ahne, daß die Wahrheit in den einzelnen Exemplaren steckt. Nämlich wenn sie in ihnen steckt.

20. September 1896

Bühne und Konfektion

Berlin ist der Ort, wo man noch Karriere machen kann. Es bleibt eine Parvenustadt, in der sich bei dem steten Zuzug eine feste, alteingesessene Gesellschaft noch kaum gebildet hat und wo darum selbst sozial höhere Schichten vor Abenteurern und Hochstaplerexistenzen wenig sicher sind. Was sind hier für Elemente versammelt! Wer sie entwirren könnte – die Schwarzen von den Weißen trennen, die Gauner von den Ehrlichen. An einem einzigen Abend in einem einzigen »populären« Lokal festzustellen, womit sich die eleganten Anwesenden ernähren – es müßte ein Genuß sein; die überraschendsten Dinge kämen zutage. [...] Fontane läßt einmal eine »Franziska Franz«, die als Gräfin Petöfy endet, zu ihrer Vertrauten sagen: »Im allgemeinen, darin hast du ja recht, gehört zu einem Grafen eine Gräfin; wer wollte das bestreiten? Aber wenn es keine Gräfin sein kann, so kommt nach der Gräfin gleich die Schauspielerin, weil sie, dir darf ich das sagen, der Gräfin am nächsten steht. *Denn worauf kommt es in der sogenannten Oberschicht an?* Doch immer nur darauf, daß man eine Schleppe tragen und einen Handschuh aus- und anziehen kann. Und sieh, das gerade lernen wir aus dem Grunde. So vieles im Leben ist ohnehin nur Komödienspiel, und wer dies Spiel mit all seinen großen und kleinen Künsten schon von Metier wegen kennt, der hat einen Pas vor den anderen voraus und überträgt es leicht von der Bühne her ins Leben.« Nach der Gräfin, meint sie, kommt gleich die Schauspielerin. Aber nach der Schauspielerin kommt gleich die Konfektionsdame, wenigstens in Berlin. Auch sie kennt das Spiel, auf das es in der Oberschicht ankommt, mit seinen großen und kleinen Künsten zum größten Teil von Metier wegen. Und welche Rollen in Berlin gerade Vertreterinnen dieses freundlichen Berufs spielen, zeigte vor zwei Jahren die im Westen noch unvergessene Helene Goldstein. Diese Berühmtheit, die schließlich in den Prozeß eines diebischen Bankiers verwickelt wurde, hatte gleichfalls die Manieren einer Fürstin. Von Hause aus war sie gleichfalls blutarm, sonst wäre sie auch kaum ins Geschäft gegangen – und siehe, noch ehe sie den erfindungsreichen Hugo Löwy kennenlernte, besaß sie, wie gerichtlich festgestellt, allein eine Einrichtung im Werte von zwanzigtausend Mark! Diese und andere Summen hatte sie wahrscheinlich von ihrem Gehalt erspart. Solche Pflanzen kommen hier zu Hunderten vor. Bühne und Konfektion ist die »schwarze Erde«, auf der sie gedeihen.

23. Juni 1895

Die Komik der Verhältnisse

Wo sind wir, Berolina?

Erinnerung an einen verdrängten Tag

In dieser Woche wird der achtzehnte März gefeiert werden. Auch die Polizei gedenkt sich daran zu beteiligen. Wenn die Nachrichten stimmen, wird sie verbieten, daß der Friedhof der Märzgefallenen zum Niederlegen von Kränzen überhaupt betreten wird. Es könnte sich gar zu leicht ein großes Gedränge ereignen. Und wie sie schon ist: sie hegt die zärtlichste Sorge um das körperliche Wohlbefinden der geliebten Einwohner. Höchstens die eine oder andere Dame kommt bei ihr mal 'n bißchen schlecht weg, aber die Gesamtheit wird vor leiblichem Mißbehagen geschützt. An Kaisers Geburtstag scheint dagegen die Gefahr des Erdrückenwerdens wesentlich kleiner zu sein; da braucht man nicht so streng zu verfahren; die Bevölkerung soll vorwiegend am achtzehnten März geschont werden.

Sie wird sich diesen Tag nicht verkümmern lassen. Wer die Zeiten versteht, muß überzeugt sein, daß dieser Tag ein großer vaterländischer Feiertag ist, wie die anderen. Vor fünfzig Jahren hat dieser Tag einen intensiven Ausdruck der Volkssehnsucht gezeitigt. Dieser Tag war der unmittelbarste Anlaß, daß eine Verfassung gegeben wurde. Freiwillig geben die Regierungen nichts. In neueren Tagen hätten wir keine Arbeitergesetzgebung, ohne die Forderungen des vierten Standes. Vor fünfzig Jahren keine Verfassung, ohne die Revolution. Verlangt man aber, daß der Verfassungstag und nicht der Revolutionstag gefeiert wird? Die offiziellen Behörden feiern auch nicht den Tag des Frankfurter Friedens, sondern den Sedantag. Gebt also dem Volke, was des Volkes ist. Mehr als dreißig Jahre war es um das gute Recht von wortbrüchigen Fürsten begaunert worden. »Wenn eure Schmach die Völker lösten«, rief diesen Fürsten Uhland 1816 zu, »wenn ihre Treue sie erprobt, so ist's an euch, nicht zu vertrösten – zu leisten jetzt, was ihr gelobt!« Wie würde man es im bürgerlichen Leben nennen, wenn ein Mann in höchster Bedrängnis einem anderen etwas verspräche und es, nachdem ihn jener mit

Friedhof der Märzgefallenen von 1848 – Foto: Waldemar Titzenthaler – *Ullstein Bilderdienst*

Lebensgefahr gerettet, einfach verweigerte? Die verächtlichsten Ausdrücke wären nicht verächtlich genug. Länger als dreißig Jahre trugen die Deutschen diesen Zustand; und wenn sie sich endlich zu offenkundigem Widerstand aufrafften, so war das ein Verdienst. Wenn wir nicht heute in einer Zeit glänzender Reaktion lebten; wenn es nicht den Volksvertretern, sowohl im Reichstag wie in den Gemeinden, an politischer Energie mangelte; wenn nicht auch ein Teil des Volkes an einer vererbten Selbstbewußtlosigkeit litte; wenn ihm nicht die Knechtschaffenheit noch im Blute läge: dann würden am kommenden Freitag alle Glocken läuten; auf allen Straßen würden die Flaggen gen Himmel wehen; in allen Schulen würde ein feierlich-ernster Aktus von denen erzählen, die im Kampf um die besten bürgerlichen Güter gefallen sind. Es wird anders sein. Je weniger offiziell aber dieser Tag begangen wird, desto mehr muß der einzelne tun, ihn zu ehren. Und es wird ihm höchst gleichgiltig sein, ob er deshalb als »innerer Feind« betrachtet wird oder nicht.

13. März 1898

Erschütternde Vorgänge haben sich in der Berliner Stadtverordnetenversammlung abgespielt. Dort ist das Verhalten des Obergärtners erörtert worden, welcher die Kränze vom Denkmal der Märzgefallenen widerrechtlich und vorzeitig entfernte. Es war ein … Versehen. Aber doch ein recht merkwürdiges Versehen in Zeitläuften wie die unseren. Was erlaubt sich dieser Obergärtner? Er hatte, wie Herr Kochhann betonte, weder von der Polizei noch von den städtischen Behörden den Auftrag zur Entfernung der Kränze bekommen. Und nun wurde ein furchtbares Gericht über diesen Obergärtner abgehalten. Ein Stadtrat erklärte, derselbige sei »getadelt« worden; und er habe »pietätlos« gehandelt. Wie wird sich der Obergärtner kränken, wenn er hört, daß er pietätlos gehandelt hat. Wird er das überleben können? Die Energie der Stadtväter zermalmt, wenn sie einmal in Tätigkeit tritt. Ein Rest von dem, was dem selbständigen Bürgertum heilig ist, ruht in den Kränzen auf den Friedrichshaingräbern; von allen Seiten wird das Andenken dieser Gefallenen und der Ideen, für die sie gefallen, heute geschmälert und beeinträchtigt; ist es da nicht der Gipfel des Bedenklichen, wenn ein Obergärtner noch solche Taktlosigkeiten begeht wie diese? Was würde ihm passiert sein, wenn er Staatsbeamter gewesen wäre? Wenn er eine analoge Handlung verübt hätte, die das Empfinden der Staatsbehörden so sehr beleidigt hätte, wie er jetzt das Empfinden der Stadtregierung verletzt hat? Er wäre zum allermindesten strafversetzt worden. Wir haben nicht gerade die Absicht, drakonischen Maßregeln das Wort zu reden; aber daß der Mann als »pietätlos« erklärt wurde, ist doch gar zu drollig. Er wird sich einen Ast lachen über die Stadtväter. So pietätlos wird er sein. Und die gegnerischen Parteien werden so pietätlos sein, mit ihm zu lachen. Sie haben ja recht!

10. April 1898

Es ist wohl ein Zufall, daß in diesen Tagen, die an Hoftrachten und Metalldekorationen und gemeinen Denunziationen reich sind, die armen Halunken, die anno achtundvierzig auf den Barrikaden verreckt sind, einer gewissen Ungnade in maßgebenden Kreisen teilhaftig wurden. Mächtig und stolz steht heute das Deutsche Reich, die stärkste Kraft der bewaffneten Welt. Siegreich und im glücklichen Besitze sind wir nach außen. Was wir nach innen erreicht haben (und das steht vielleicht höher), danken wir denen, die bereit waren, ihr Blut an diese Güter zu verschwenden. Die damals gefallen sind, waren sicher nicht die wesentlichsten und einflußreichsten Gestalten. Es waren zufällige Opfer einer ungeregelten Revolution. Aber sie dürfen als Symbole dessen gelten, was von allen Freiheitsfreundlichen und allen Freiheitssehnsüchtigen erstrebt wurde. Daß man ihnen jetzt kein Denkmal gönnt, ist eine Schmach und Schande, eine Schande und eine Schmach. Die Stadtverordneten »protestieren«, das ist zu wenig. Sie müssen ihren Protest durchsetzen, das wird uns imponieren. Nicht imponieren, es wird uns befriedigen. Kinder, Kinder, habt ihr denn keine Ahnung, was not tut!

20. Februar 1898

Einheimische Kunstbestrebung

So sitzt man denn wieder in Berlin, hat Rom und Florenz und Venedig den Rücken gekehrt und ist wahrhaftig imstande, einiges über den Wasserfall im Victoriapark zu schreiben. Dieser Wasserfall soll von kommender Woche ab elektrisch erleuchtet werden, immer am Mittwoch und Sonnabend, und die städtischen Behörden wollen damit ein »eigenartiges Bild« zum besten geben. Warum sollen sie nicht mal ein eigenartiges Bild zum besten geben?

Sie haben es auf diese Art noch nie getan, und wenn sie die fallenden Fluten rot und grün und blau bespiegeln, so tragen sie zum Vergnügen der Einwohner bei, denn sie laben ihre Sinne. Nach Einführung des grünen, blauen, roten Lichts wird jeder Berliner, der Mittwoch und Sonnabend Lust hat, einen Gratisspaß zu erleben, ihn wirklich gratis haben. Und ein Blick auf die italienischen Städte lehrt, wie weit die Behörden sich die Sinneslabung ihrer Bürger angelegen sein lassen können. Dort im Süden gibt es Stadtkapellen, die eigens für diese Bürger am Abend aufspielen. Auf irgendeiner Piazza stellen sie die Pulte im Kreis herum, der Dirigent tritt in die Mitte, und es geht los: Gounod, der Donauwalzer, Aida, sogar das Vorspiel zum Tristan nebst Isoldens angeknüpftem Liebestod, ja selbst der Totentanz von Saint-Saëns wird gespielt. Auf diese Art hebt sich der künstlerische Sinn der stumpfen Menge von Magistrats wegen, und es ist nicht genug zu preisen, daß die Berliner Stadtherren durch Grün und Rot und Blau auf die Gemüter der Allgemeinheit zu wirken wünschen, und sie erhalten nahezu einen Anstrich von römischem Cäsarentum, indem sie dem Pöbel neben dem Notwendigen auch einige Circusspiele bieten. Das sinnenfrohe Volk der Panke-Athener schwelgt in farbigem Rausch, es wird Weinlaub in sein Haar flechten und gemeinsam das Wort Evoë ausstoßen, geradeüber von dem Wassersturz. Der Imperator Kirschner gar reitet vorbei auf seinem goldgezäumten Araber, Lorbeer um die hohe Unterdrückerstirn gewunden, ein bleiches Lächeln auf dem furchtbaren Tyrannenantlitz, und er freut sich, heiser lachend, der schweigenden Masse. Hi, hi!

Im Ernst ist es ganz gut, wenn deutsche Behörden mit solchen Dingen anfangen. Es ist vielleicht der Anfang zu allgemeinerer künstlerischer Betätigung. Und in einer Zeit, wo es ihnen nicht erlaubt ist, das Niederlegen von Lorbeerkränzen an den Gräbern politischer Kämpfer zu dekretieren, läßt man ihnen in bezug auf rote, blaue und grüne Beleuchtung von Wasserfällen den hochherzigsten Spielraum. So betätigt sich denn der Magistrat künstlerisch, auch sonstwie, und die neue Potsdamer Brücke ist des ein Zeichen. [...] Ich glaube, sie wird leidlich hübsch werden. Und leidlich hübsch ist das Ziel aller Kunstbestrebungen der Stadt Berlin. Es soll nicht gerade ganz ruppig und elend aussehen, als ob mans nicht dazu hätte – aber künstlerischen Aufwand treiben ist nicht. Ein bißchen guten Eindruck machen genügt; Kunst aus dem vollen treiben wäre Quatsch. Außerdem bekäme man allerhand böse Dinge von den Bürgern zu hören. Verschwendung ... keine anderen Sorgen ... Säckel der Steuerzahler ... in einer Zeit sozialer Kämpfe ... Spielerei ... sonst was.

Bloß mit dem Demokratismus hängt solche Halbheit in Kunstdingen nicht zusammen. Florenz war in seiner großen Zeit im wesentlichen demokratisch geleitet und brachte das Glänzendste zuwege. Andererseits sehen wir, daß heutzutage hohe Mächte, die in Kunstdingen selbständig dilettierend herumpfuschen, vielfach reinen Blödsinn zutage fördern. Es liegt also einfach an dem mangelnden Gefühl und dem mangelnden Unternehmungsgeist der heutigen Stadtväter und an der geringen Kühnheit der namhaften Künstler. Nur namhafte werden zugezogen – wie von einem Bankier; nur gesetzte fertige Persönlichkeiten beauftragt. Einem von dem auflebenden jungen Geschlecht eine Mission zu geben, ein Experiment zu machen, fällt den Herren nicht ein. Sie stehen meist der Kunst zu fern, als daß sie sich nicht auf autoritative Empfehlungen verlassen müßten. Sie klammern sich also an die sogenannten Bewährten, um niemals blamiert zu sein. Dennoch, Freunde, werdet ihr eines Tages blamiert sein; vor der so vielfach in Betracht zu ziehenden Nachwelt; ja vielleicht brauchtet ihr nicht so lange zu warten. Es ist kaum nötig zu sagen, daß die Beschäftigung heimischer Künstler für sie zugleich eine Hauptsache ist. Einem fremden, etwa gar einem vom Stamme des Erbfeindes oder aus Österreich, eine Statue übertragen wäre schlechtweg verbrecherisch. Und in der Bürgerschaft wäre der Teufel los. Infolgedessen werden die Statuen weniger bedeutend als einheimisch. Manche sind in hohem Grade einheimisch. Und Berlin wird auf diese Weise nie eine Kunststadt werden. In den großen Kunstzentren der Medici und der Päpste galten die Niederländer und die Deutschen ebensogut wie die eingeborenen Italiener. Und wir, die wir den Vatikan studieren und durch den Palazzo Pitti nachdenklich wandeln, danken ihnen das von ganzem Herzen. Dürer in Florenz zu treffen läßt einen wackeren Mann, der in Teutonien großgeworden ist, ergriffen zusammenschauern. Und neben Raffael, den ich in Italien *hassen* lernte, den unendlich größeren Michel Angelo zu sehn, der von germanischem Geiste infiziert scheint, ist eine ganz besondere Seligkeit. Als ob man neben einem italischen süßen Kirchenlamm plötzlich Beethovensche Töne vernähme. Es ist nun einmal dieser Beethoven, der Einzige, der größte Musikus aller, aller Zeiten – der den sächsischen Agitator R. Wagner recht verächtlich erscheinen läßt –, es ist nun einmal dieser Ludwig van Beethoven, der den Italienfahrer an Michel Angelo mahnt und nichts Höheres mehr gelten läßt. Man sehe die »Nacht« dieses Michel Angelo, die allen tiefsten Gram der Menschheit, ja der Menschenmöglichkeit, in großen Beethovenschen einfachen Zügen an sich trägt, die trotz der körperlich seltsamen Haltung auf die Dauer eines ganzen Lebens einen Menschen umkrempeln kann – man sehe sie und suche zu leugnen, daß dies ein Beethovensches grave ist; oder daß Beethovensche Stimmungen Michelangeleske Ewigkeiten sind. Man versuche das zu leugnen, und ich erkläre den für einen Hundsfott, der es will, und für einen Esel, der es kann.

17. Juli 1898

Politische Erstarkung

Die Menschen werden mit der Zeit realistischer. Diese Beobachtung ist jetzt in Berlin mehrfach gemacht und mehrfach ausgesprochen worden. Sie scheint aber trotzdem wahr zu sein. Früher begeisterte sich Deutschland der Reihe nach für die auswärtigsten Völkerschaften. Es machte ihre Schmerzen zu seinen Schmerzen, als ob es an den eigenen nicht gerade genug gehabt hätte. Der melancholische Niembsch, genannt Lenau, weinte viele Strophen um einen Polenhelden; der still grollet, daß noch sein Herz nicht brechen will. Heute nehmen sich vernünftige Männer der polnisch-preußischen Mitbürger so weit an, als es Gerechtigkeit und Liberalismus erfordern (und unvernünftige Männer fallen dann über sie wie die Krähen her); aber jede Lyrik, jede weiche Säuselei liegt uns fern. Man ist realistischer geworden.

Heut steht Griechenland vor einem Kampf mit den Türken; die Begeisterung in Athen und den umliegenden See- und Landstrichen scheint hochzugehen. Aber den Völkern der Erde, insbesondere den Berlinern, ist dieser Kampf, mit dem Dichter zu sprechen, gleichgiltig. Weiß der Himmel, die Zeiten sind vorüber, wo Byron die Flotte des Maurocordatus bezahlte (ein Dichter, der eine Flotte bezahlt – schwindelhafte Vorstellung!); die Zeiten sind vorüber, wo er das geliebte Hellas in schmerzenvollen Rhythmen apostrophierte und zugleich doch, der kleine Schäker, eine sichere Zoe ansang, die maid of Athens, welche mit der patriotisch-hellenistischen Sache wohl nicht unmittelbar zusammenhing. Die Zeiten sind auch vorüber, wo ein dessauischer Bibliothekar, namens Wilhelm Müller, in langgestreckten Verszeilen von dem gefangenen Griechenfürsten Ypsilanti dichtete oder von der Rache des Phanarioten, welcher immerfort Türkenköpfe in die Flut schleudert (auch ein bürgerlicher Beruf! würde Hartleben sagen) und der als Adler nach seiner geraubten Schwester spähen möchte –

Bis ich meine Schwester fände und sie aus der Feinde Hand
Frei in meinem Schnabel trüge nach dem freien Griechenland.

Heute öffnet weder ein englischer noch der kleinste deutsche Dichter seinen Schnabel für das freie Griechenland.

Ja, damals ging es uns schlecht, und deshalb hatten wir starkes Mitleid für Völker, die in ähnlicher Lage waren. Doch wie ein Sozialdemokrat, der in der Lotterie gewinnt, ein Bourgeois wird: also wurden wir wurstig, seitdem man uns geeinigt hat. Unsere Wurstigkeit ist ein schönes Zeichen für die politische Erstarkung.

14. Februar 1897

Die Sache mit Friederike

An heiteren Momenten läßt es auch das Polizeipräsidium nicht fehlen. Die Charlottenburger wollten eine Friederikenstraße, nach Friederike von Sesenheim benannt, und sie ist ihnen untersagt worden: weil Goethe unsittliche Beziehungen zu diesem Mädchen unterhielt. Wahrscheinlich hat sich Froitzheim, der bekannte Gelehrte und Friederikengegner, hinter das Polizei-Präsidium gesteckt. Froitzheim behauptet, daß Friederike sogar zwei uneheliche Kinder ihr eigen nannte. Aber selbst wenn der Polizeipräsident von Froitzheims Existenz keine Ahnung haben sollte (mir ahnt sogar, daß er keine Ahnung hat), wäre das Verbot doch durch die zweifellos wiederholte Vornahme unzüchtiger Handlungen, die zwischen dem pp. Goethe und der unverehelichten Brion in einer Laube stattgefunden, sehr gerechtfertigt. Als erschwerender Umstand fällt ins Gewicht, daß selbiges in der unmittelbaren Nähe eines evangelischen Pfarrhauses geschehen. Und da gleichzeitig ein gewisser Lenz, Stürmer und Dränger von Beruf, wahrscheinlich Sozialdemokrat, eine Anzahl von Friederikenliedern gedichtet hat, ist es überhaupt fraglich, ob die Brion, falls sie heut in Charlottenburg leben würde, nicht einer regelmäßigen Beaufsichtigung durch die Organe der Polizei anheimzufallen hätte. Wir leben in einem christlichen Staat, in welchem Kirchen, wenn schon nicht häufig benutzt, so doch recht häufig erbaut werden. Wir haben eine mustergiltige Hofgesellschaft, in welcher Übertretungen niemals vorkommen. Wir umkleiden jetzt sogar die wilden Männer auf den preußischen Staatswappen mit schützenden Lappen, weil jede Blöße etwas Unmoralisches hat. Und wir können darum nicht zugeben, daß die lüderliche Tochter eines sonst ehrenwerten Geistlichen Anlaß zur Benamsung einer Straße gibt. Wir schlagen dafür vor: Lilienweg oder Fromme-Helenen-Allee. In Epochen, wo ein Gönczi lebt, wo selbst einundsiebzigjährige Frauen … usw., darf der Unzucht unter keinen Umständen fernerer Vorschub geleistet werden.

Die Zeiten sind ernst.

29. August 1897

Kein Raum für Bruno

Liebe Freunde, es wird immer toller. Es kommt noch viel schlimmer – ihr werd't euch wundern! Man darf dem Stadtverordneten Schwalbe herzlichen Dank wissen, daß er am Donnerstag in der Sitzung folgende Anfrage stellte: »Dem Vernehmen nach hat der Magistrat abgelehnt, den Festsaal des Rathauses für eine Giordano-Bruno-Feier zu bewilligen; die Unterzeichneten fragen an, weshalb die Ablehnung des Antrages stattgefunden hat.« Ich weiß nicht, wieso es mir immer erscheint, als gliche Deutschland gegenwärtig dem Staate Frankreich unter Napoleon dem Dritten – in jener Zeit fiel alles vor dem imperialistischen Glanz auf den Bauch, und die Charaktere wurden seltener, die Freiheitsbeschränkungen häufiger, und ein Taumel unbestimmter Art packte die Gesamtheit. Bei uns war bisher nur die Regierung ein bißchen geistesfreiheitsfeindlich. Mit sachtem fängt auch der Magistrat an. Denn kein Gott und kein Kirschner wird uns ausreden, daß die Verweigerung des Saals aus tieferen, d. h. flacheren Gründen geschah; daß sie von jener Vorsicht eingegeben war, welche der bessere Teil der Tapferkeit ist; und daß sie nicht erfolgt wäre, wenn in hohen Kreisen nicht eine so heftige Frömmigkeit sich ausbreitete. Mit allen Stimmen gegen eine hat der Magistrat der alten

Aufklärungsstadt Berlin dem Weltensohn Giordano Bruno ängstlich eine Ehrung versagt. Gehörte diese eine Stimme dem Bürgermeister Kirschner? O, daß sie ihm gehörte. Schließlich ist es Wurst. Er sagte zur Deckung des Magistrats: die Männer vom Bruno-Ausschuß waren ihm unbekannt. Zu diesen Männern gehören die Brüder Julius und Heinrich Hart, deren Verdienst es ist, die Feier angeregt zu haben. Dazu gehören Bruno Wille und Wilhelm Bölsche. Der Magistrat kennt sie nicht? Das ist ein Zeichen von Unbildung. Und Richard Strauß? Er kennt ihn nicht. Und ich? Herr Kirschner kennt mich aus dem Blumenladen. Hat man Worte? Kennt mich aus dem Blumenladen und sagt nachher: »Wenn wieder ein Antrag von *unbekannten Herren* einginge, würde der Magistrat genau ebenso verfahren.« Kirschner! Kirschner! Ich werde mich rächen. Vielleicht kannte der Magistrat den Herrn Giordano Bruno nicht. Vielleicht wünschte er die Verhimmelung eines lästigen Ausländers nicht zu fördern. Vielleicht wußte er bloß, daß Bruno von der Inquisition verbrannt worden war, und wollte sich bei der herrschenden Strömung nichts gegen dieses Institut herausnehmen. Jetzt habt ihr euer Fett. Wie fühl' ich mich erleichtert!

Die Feier selbst war recht eindrucksvoll. Wenigstens im Anfang und am Ende. Zuerst Egmont-Ouverture – sie wirkt immer hinreißend. Egmont und Giordano: beide waren erstens Kämpfer, zweitens Lebensmenschen. Bruno sagt einmal seinen Absturz und Untergang voraus: etwas Verwandtes liegt in dieser Musik; in diesen düster-gefestigten Akkorden, in welche das leuchtende Leben auch hineinspielt, von zarter Melancholie umschlungen, und aus denen der Sieg empordringt. Das starkgeistige Fräulein Dumont vom Deutschen Theater sprach einen schönen Prolog von Julius Hart; und wie sie vor den grünen Blattgewächsen stand, im weißen Kleid (hinter ihr sah die neu geformte Brunobüste von Jaray furchtlos hernieder), da kam mir der Gedanke, daß auch sie eine Mischung ist, wie es sich hier gehört: von geistigen Mächten und der Magie des Lebens; wie sie auf den Brettern auch des öfteren bereits erwiesen. Dann kam der Redner. Er war ein Irrtum. Scharenweise fiel das Publikum von Bruno ab, solange er sprach. Doch Herr Max Laurence, ein ganz vortrefflicher Rezitator von modernerer Feinheit, weckte die Schnarchenden und gewann die Apostaten zurück. Es war der Gipfel dieser Gedächtnisfeier, als er die Lieder des Verbrannten vorlas. Etwas dunkel Glühendes ruht darin. Etwas dunkel Jauchzendes tönt daraus. Ein Funke fliegt durch die Weltennacht, ein Ikarus schwingt sich in den Raum. Er zieht in den Traum der Sternenferne, in den tiefen Wunderbezirk der großen Heimat, und ist erfüllt und durchloht zugleich vom Leben der Erde; von diesem brennenden, leuchtenden, vielgestaltigen Menschsein, da man den Taumelbecher trinkt und heilig-wilde Gloria kostet: die Liebe. [...] Wie eine Offenbarung, mit einem Schlag, teilte sich das Wesen dieses Unbehausten den Hörern mit. Und sie machten sich in Händeklatschen Luft, während der Syndikus Meubrink, der Kämmerer Maaß und andere Stadtmännchen beschämt in ihren Wohnungen kauerten. Hierauf, nach den Gedichten, folgte im Orchester der Einzug der Götter in Walhall. Wiederum betraten sie die Regenbogenbrücke, welche im Abendsonnenglanz über dem Tal des Rheines dahinführte, und begaben sich, wie schon öfter, in die Götterburg; womit die erste Giordano-Bruno-Feier schloß. Es soll aber nicht die letzte gewesen sein. Meubrink!

25. Februar 1900

Ein Bürgermeister wartet

Die Karnevalszeit rückt näher. Ernst begleiten ihre Trauerschläge einen Bürgermeister. Welchen? Ei, den Herrn Kirschner, der neulich zur Defiliercour mußte. Die Zeitungen meldeten: »Es dürfte nur wenigen bekannt sein, daß die beiden Bürgermeister Berlins eine eigene Galauniform zu tragen berechtigt sind, von welchem Recht in den Vorjahren auch Gebrauch gemacht wurde.« Also berechtigt sind sie, und sie haben Gebrauch gemacht. Gewiß, man darf sich seine Rechte nicht rauben lassen. Zäh' zu trotzen auf das, was einem gebührt, ist das herrliche Merkmal männlicher Charaktere. Es wird in der Zeitung ausdrücklich zugefügt: »Der frühere Oberbürgermeister Zelle nahm sich mit seiner hohen Gestalt und dem vornehm zugestutzten Henriquatre in der Magistratsuniform sehr schneidig aus.« Er soll bedankt sein für diese Schneidigkeit. Wär' er lieber ohne Uniform schneidig gewesen. Ein Stichdegen in weiß lackierter Scheide gehört zu den Uniformstücken, und dieses Lackierte ist vielleicht ein tieferes Symbolum für die heutige Stellung des ersten deutschen Bürgermeisters. Es wäre anheimelnd zu erfahren, ob Herr Kirschner ebenfalls Gebrauch machte von seinen Rechten und mit dem lackierten Attribut erschien, im Kostüm; oder ob der schwarze Leibrock bevorzugt wurde. Hätte Kirschner ganz fernbleiben sollen? Er wußte ja nicht, als was er hinging: als Oberbürgermeister oder als zweiter Bürgermeister ohne Oberhaupt. Das wäre ein Grund gewesen, seine Abwesenheit zu entschuldigen. Andererseits mußte er sich sagen: es kann sein, daß ich bei der Defiliercour bestätigt werde; heutzutage wird auf Jagden manches beschlossen, warum soll nicht auch mal bei einer Defiliercour ein Bürgermeister bestätigt werden? Man hatte ihn so lange warten lassen, vielleicht wollte man auf dem Hoffest eine kleine Freude ins Werk setzen. Herr v. Lucanus wäre dann treuherzig auf ihn zugelaufen und hätte gesagt, während er Arm in Arm mit ihm dahindefilierte: Lieber, wir wollten Sie bloß auf die Probe stellen, ob Sie ein ehrenfester Charakter sind; denn ehrenfeste Charaktere sind auf wichtigen Posten vor allem nötig; hätten Sie die Inschrift, mit der ich Sie damals ein bißchen neckte, zugunsten der Bestätigung fallengelassen, so würden wir Sie als Opportunisten erkannt haben, als Windfahne, und hätten Ihnen nie einen ernsten Posten anvertraut; so aber haben Sie die Probe glänzend bestanden, Kirschnerchen, wer ausharret, wird gekrönt – ich hole gleich aus meinem Überzieher ein reizendes kleines Dekret, das ich für Sie mitgebracht habe. So hätte Herr v. Lucanus sprechen können. Jedoch, er sprach nicht, und die Faust Kirschners ballte sich um das weiß lackierte Schwert oder, wenn er Zivil trug, in der Hosentasche. Nachdenklich mischte er sich dann in das Maskengewühl – ich meine, in das Gewühl der Hofuniformen – und erwog, ob es nicht allmählich doch Zeit würde, eine Mahnung loszulassen. Die Rathausgreise wollten das noch immer nicht. Wann denn, ihr –! [...] Werdet hart, zum Donnerwetter.

22. Januar 1899

Der Kampf um den botanischen Garten

In diesen nahenden Frühling, der nicht nahen will, fallen die Verhandlungen um den botanischen Garten. Auch er ist, so könnte ich fortfahren, ein Stück Frühling im Häusermeere Berlins; es wäre nicht einmal ganz falsch. Draußen, wo die Potsdamer Straße sich ihrem Ende zuneigt und Schöneberg zu beginnen beginnt, das unerhörte Millionärdorf mit seiner Masse von fünfstöckigen Häusern, liegt er mitten in einem Riesencarré von neuen hohen Wohngebäuden, durch eine rötliche Mauer eingefaßt; und auf allen vier Seiten blicken von den Balkons und aus den Fenstern ungezählte Naturgenüßlinge, Rentiers, Hauswirte und Grundstückspekulanten auf diesen viereckigen Fleck Erde – der fünfzehn Millionen Mark kosten soll, wie jetzt im Abgeordnetenhause festgestellt worden ist. Der botanische Garten hat in seiner Mitte ein Palmenhaus, nicht ganz so schön wie das zu Frankfurt, doch recht ansehnlich, und zahlreiche andere Treibhäuser. Aber das wesentlichste sind die Bänke draußen. Auf ihnen sitzen mit verbotenen Romanen die Töchter der umliegenden Hausbesitzer, auch unverstandene Mädchen aus dem sonstigen Potsdamer Viertel, auch Witwen, die im Sommer nachmittags hierhergehen und ihre Erfahrungen mit den verstorbenen Ehemännern bissig austauschen, auch schlechtrasierte Schauspieler, für deren phänomenale Begabung die Torheit der Bühnenleiter kein Auge und kein Engagement hatte, auch Kindergärtnerinnen mit frischgewaschenen Erziehungssubstraten und hie und da eine Kellnerin, die ihren freien Tag dazu benutzt, an einer Pinie den jüngsten Verehrer im Havelock zu erwarten, um dann an seiner Seite »nach außerhalb« zu fahren, nach Hundekehle oder Wannsee oder Pichelswerder. Auch im Winter schreiten pensionierte Offiziere, die meist vor Langeweile wütend sind, zwischen den Beeten des botanischen Gartens entlang, und so dient dieses rotgemäuerte Institut den mannigfachsten Neigungen und Sehnsüchten. Jetzt freuen sich die Beteiligten, die Romantöchter, die unverstandenen Jungfrauen, die bissigen Witwen, die stellungslosen Schauspieler, die verliebten Kellnerinnen, die wütenden alten Offiziere und vor allem die nachbarlichen Grundstücksspekulanten, daß die Bebauung des Gartens nicht beschlossene Sache ist und daß die Sitzung der Abgeordneten ihnen fröhliche Hoffnung für den Frühling offengelassen hat. Sie freuen sich und lancieren, soweit sie des Schriftstellerns kundig sind, mit gedoppelter Energie Artikel in die Blätter, worin die Wegnahme dieses Platzes als ein Eingriff in die heiligsten Rechte zweier Nationen hingestellt wird: der Schöneberger und der West-Berliner.

15. März 1896

»In Charlottenburg am Knie ...«

Was die Weltstadtseele singt

Auf Bällen hört man Dinge, die eine deutsche Yvette Guilbert, wenn wir eine hätten, unter allen Umständen singen würde. Hier wachsen, blühen und gedeihen nicht bloß die Redensarten, welche dann durch die Provinzen gehen und von allen Gehirnerweichten adoptiert werden. Hier vernimmt man auch Lieder und Liedchen, die zwar obszön, aber manchmal sehr witzig sind. Sie zeichnet kein Kulturhistoriker auf, also will ich es tun. Ein bekannter Punkt in Charlottenburg ist das »Knie«, wo die Hardenbergstraße die große Biegung macht. Darauf entstand das schöne Lied: »In Charlottenburg am Knie – sah ich sie – die Marie ...« Das Lied geht noch weiter. Aber mit einer Erinnerung an den lateinischen Schulaufsatz will ich sagen: es ließe sich noch manches anführen, doch ich glaube, daß dieses genügt. Solche weltstädtische Volkslieder sind das einzige bei uns, was sich dem Repertoire der Yvette an die Seite stellen ließe. In Frankreich beteiligen sich belangvolle Schriftsteller an dem Anbau dieser Liedergattung; bei uns nur unbekannte Kräfte, die im Schatten fechten. Was würde man sagen, wenn Arthur Schnitzler, der mit dem Franzosen Donnay manchen verwandten Zug hat, für Tingeltangelösen ironische kleine Zoten dichtete, wie es Donnay tut. Was hätte man gesagt, wenn Holz und Schlaf gleich Bruant und Xanrof Poesien für den Wintergarten, für Kaufmanns Variété, für den urkomischen Bendix geschrieben hätten? Nun, sie wären dann wenigstens im Wintergarten, in Kaufmanns Variété und vom urkomischen Bendix gesungen worden! Allenfalls noch die Goldne Hundertzehn und der hinter ihr steckende Dichter wandelt auf den Wegen, auf denen die Yvette ihre Lieder sucht. Der Kille-Kille-Gesang der Goldnen Hundertzehn ist nicht von Pappe. Bekanntlich ist »Kille« ein onomatopoetisch gebildetes Wort Norddeutschlands, das mit dem Begriff des Kitzelns eng zusammenhängt. Man ermesse die überwältigende, parodistische Kraft eines Liedes, das mit den Worten beginnt: »Zwei Worte gibt's von hohem Klang – es liegt was drin, es liegt was mang – welch tiefer Sinn in schlichter Hülle – die Worte heißen Kille, Kille!« Es wird dann ein Rezept geboten, in welchen Lebenslagen sie anzuwenden sind. Ein entschiedener Reichtum an derber Schalkhaftigkeit ruht in solcher Lyrik, die, künstlerisch ausgebaut, eine Art von Nationalzotenhaftigkeit ergeben könnte. Aber sie ist noch nicht ausgebaut, sie wird überhaupt nur spärlich angetroffen, und der einzige Ort, wo man ihr mit Sicherheit begegnet, ist der Maskenball zur angeblichen Faschingszeit. Verhüllte und unverhüllte Masken riskieren dort wildwachsende Zotenlieder. Und allein darin liegt vielleicht die Existenzberechtigung dieser faulen Berliner Fastnachtsfeste.

30. Januar 1898

»Liebe Tante, du kannst lachen ...«

Draußen in Erkner beim Kaffee singen sie die Pankow-Hymne. Kennst du das neue Liedchen? Es klingt so mies, es klingt so trüb. Pankow ist eine Ortschaft bei Berlin. Es befinden sich dortselbst zahlreiche Biergärten und ein Irrenhaus. Aus diesem Irrenhaus offenbar entsprang ein Patient und dichtete das Lied. Zwei Millionen Deutsche singen es jetzo: die Einwohner von Berlin, von Schöneberg, von Charlottenburg. Daß nur ein Blödsinniger der Autor des Pankow-Gesanges sein kann, unterliegt keinem ernsten Zweifel. Jede Zeile ist eine Gehirntuberkulose.

Pankow, Pankow, Pankow,
Kille, kille, Pankow,
Kille, kille, hopsasa.

Ergreifend klingt dieses Lallen eines zerbrochenen Geistes, der vielleicht früher eine intellektuelle Bedeutung größten Stils besaß; er war vielleicht Regierungsassessor. Jedenfalls wird man von diesem Liede verfolgt wie einst der reisende Brite von dem Liedchen »Marlborough«, worüber Goethe einiges in den Römischen Elegien gar lieblich sagt; von Paris »nach Livorn, dann von Livorno nach Rom, weiter nach Napel hinunter, und wär' er nach Smyrna gesegelt, Marlborough! empfing ihn auch dort! Marlborough! im Hafen das Lied«.

Es richtet sich aber der neue Berliner Nationalgesang im Anfang an eine gewisse Karolina und fordert sie auf, nach Pankow mit dem Sänger zu gehn, weil es dort so schön sei; zum Schluß kommt der obige rätselhafte Refrain, der vielfach ohne das Vorhergehende gesungen wird und die Hauptsache ausmacht. Von der ästhetischen Verkommenheit einer schnoddrigen Weltstadtseele kann der einen vollen Begriff erhalten, der dieses Lied von früh bis abends plärren hört.

Eine neue Glanzepoche des Berliner Straßengesangs scheint überhaupt anzubrechen. Neben dem Pankow-Hymnus gedeiht der Gesang an eine Tante aus Polzin. Polzin soll die Verkörperung des typischen Provinznests sein. Alldorten hat eine Nichte sittig gehaust, ist aber dann nach Berlin gekommen, um sich eine Stellung zu suchen. Sie lernt dabei einen Baron sowie die argen Gefahren der Großstadt kennen, und reuevoll singt das Mädchen: »Liebe, liebe Tante, du kannst lachen, hast ja keine Ahnung in Polzin, was se hier mit mir vor Zicken machen, in der großen Kaiserstadt Berlin!« Ich frage, ob eine ausgeprägtere Grazie denkbar ist. Jedenfalls aber kann man nach diesem Liede Rheinländer tanzen, und die kleinen Mädchen tun es, am Sonntag in Halensee, am Donnerstag in der Victoriabrauerei und auch sonst gelegentlich im Freien, sobald die liebe Melodie ertönt. Wenn sie eine Tante in Polzin besäßen – auch sie hätten ihr mancherlei zu gestehen von den Zicken, die in Berlin gemacht werden. Ihr Herz ist nämlich – »wie ein Bienenhaus«. Sie versichern das immer, indem sie es singen, und dieses Lied vom Bienenhaus ist die dritte Volksweise, die gegenwärtig im Schwange ist und die neue Blüteperiode des Straßengesangs herbeiführen hilft. Der Text ist nicht ganz unbekannt, aber jetzt bestürzend modern geworden. Die berlinische Fassung weicht in Einzelheiten von den alten Versen ab; besonders eindruckstief ist der Refrain: »So ists in meines Herzens Klause, tiridiralala, tiridiralala; so ists in meines Herzens Klause – tiridiridiralala!« Es ist sehr ein schönes Lied. Von Rechts wegen sollten es zwar nur Jünglinge singen, weil darin gesagt wird, daß Mädchen die Bienen sind, welche in diesem Herzen oder Bienenhaus ein und aus flattern. Aber es ist noch beliebter bei Fräuleins. Die Fräuleins singen es auf Dampfschiffen und in der Stadtbahn, im Geschäft und auf dem Postamt und wahrscheinlich auch zu Hause, was ich ja nicht wissen kann. Und wenn drüben in der stillen Landgrafenstraße ein Mädchen aus Polzin, welches Stütze der Hausfrau geworden ist, am Fenster steht und mit einem Operngucker unschuldig herübersieht, weil sie neugierig ist, so kräht sie dabei recht absichtlich-vernehmbar: »Mein Herz, das ist ein Bienenhaus.« Na ja.

Der vierte Gassenhauer, welcher die Blüteperiode des Straßengesangs beschleunigen hilft, kommt aus dem Süden. Es ist das aus einem Prozeß bekannt gewordene »Weißt du, Muatterl, was i träumt hob«. Für dieses Lied stirbt man jetzt in Berlin. Und wir anderen sterben an diesem Liede. Man kann sich nicht mehr davor retten. Mit schmalziger Stimme wird es von Herren und Damen aus dem gefühlvollen Mittelstand vorgetragen. Besonders auf Kremserfahrten. Man hört, wenn ein Kremser den Kurfürstendamm entlangrollt, die Insassen alle ihrer Mutter mitteilen, was sie geträumt haben. Ganze Familienverbände teilen es vibrierend mit. Die österreichische Aussprache wird, wenn es gut ablaufen soll, berolinisiert. Böse wird der Fall erst, wenn diese Spießbürger, die an der Panke groß geworden sind, den österreichischen Dialekt beibehalten. Was da an Schautenhaftigkeit, Ziererei und falschem Accent geboten wird, läßt sich schwer beschreiben. Ungemein rührend ist jedenfalls die Situation des »Muatterls«, so am Bette ihres einzigen kranken Kindes sitzt. Das einzige kranke Kind erwacht und erklärt in Walzersentimentalität, es habe in den Himmel »eini g'sehn«; dort habe es die Englein erblickt und wolle nun zu ihnen schweben. Oder der Bräutigam hat sein Lieb durch den Tod verloren; er wird vor Schmerz bewußtlos; eine Mutter wacht wiederum an seinem Lager – und der Bursche beginnt »verklärt« zu singen, er habe im Himmel sein Lieb erblickt und bald wolle er droben mit ihr Hochzeit feiern. Oder ein altes Ehepaar röchelt, es wolle gemeinsam in den Himmel einziehn. Sturzbäche von Tränen werden um dieses Lied vergossen. Ein fürchterlicher Schmarren ist es, der ganz frech aus der Wallfahrt nach Kevlaar und aus Hauptmanns Hannele stiehlt; und doch hat es einmal auf mich Eindruck gemacht. Das war in diesem Sommer, als es ein Italiener ganz überraschend uns auf der Insel Chioggia vorsang. Der Mann war in Österreichisch-Italien geboren und wunderte sich sehr, daß wir es nicht kannten. Ich ahnte nicht, daß es nach zwei Monaten schon so populär in Berlin sein würde. Nur »Pankow, Pankow« kann dagegen konkurrieren.

31. Juli 1898

Wo sind wir, Berolina?

Das deutsche Volk, insbesonders das berlinische, schreitet zwar mit geschwellter Brust der nationalen Feier entgegen, welche die Enthüllung des Monarchendenkmals mit der weggelassenen Wahlurne an der Schloßfreiheit bringt; auch haben studentische Vereine schon jetzt begonnen, sich zu

Berolina am Alexanderplatz von Emil Hundrieser - die Athene von Berlin – Foto: Lucien Levy, um 1900 *Archiv für Kunst und Geschichte*

Ehren dieses Festes in gemeinsamer Sitzung, Kommers genannt, rechtzeitig zu bezechen. Aber die Stimmung, die allgemein im Innern herrscht, ist flau. [...] Gestern abend war ich bei Lutter und Wegner. Was grinst dem friedvollen Nachtgast entgegen? Ein Plakat in der Weinstube. Die Bürger Berlins werden aufgefordert, öffentlichen und gemeinschaftlichen Einspruch zu tun gegen den gewaltsamen Sabbat, den die Polizei über Berlin verhängt hat. Was liest man da! In das Haus des einzelnen dringt eine strenge Bevormundung durch Polizisten? Der Bürgersmann soll überwacht werden in dem, was er im Wohnzimmer, Eßzimmer, Musikzimmer, am Ende auch Schlafzimmer tut? Die Geschäfte dürfen zwar zeitweilig offen, aber die Schaufenster müssen zugleich fromm verhängt werden. Ja – einen Augenblick schwankt man, der Weindunst dringt einem hier umnebelnd an die Nase, man fragt sich, ob man nicht eins von den Dokumenten aus dem Beginn des Jahrhunderts liest, mit denen die Wände der alten Kneipe so reich behängt sind. Nein, es stammt leider aus der Gegenwart. Berlin, welches eine hübsche, schlanke, stramme und schnoddrige Jöre ist, soll mit aller Gewalt zur Betschwester kostümiert werden. Das kann gut werden. Zu allerhand Dingen hat das Kind Talent, bloß hierzu nicht. Die Berolina ist bei Gott nicht dumm, wenn sie gleich auf dem Standbild des Professors Hundrieser am Alexanderplatz so aussieht. Sie wird sich Gesinnungen, die ihr fremd sind, nicht aufdrängen lassen, sondern auch künftig nach ihrer Façon selig werden, was ihr vor hundert Jahren noch erlaubt war, heut aber anscheinend nicht mehr. Jedenfalls äußerlich wird die deutsche Hauptstadt das Gängeln und Bemuttern durch ehemalige Unteroffiziere leiden müssen, und das ist auch bei der voraussichtlich kurzen Dauer dieser frommen Periode langweilig genug. Die Stimmung kann durch so ein Plakat für den ganzen Abend verdorben werden.

17. Januar 1897

Die Komik der Verhältnisse

Die Ereignisse in Deutschland sind derart, daß ihre genaue Kenntnis nicht immer Vergnügen macht. Ganz allgemein bekommt man die Vorstellung, daß wir politisch in einer Schwindelära leben. Die lächerlichen Einzelheiten nicht tagtäglich vor Augen geführt zu bekommen ist eine Zeitlang recht wohltuend. Es bleibt die Hoffnung, daß ein allmähliches Anwachsen der geladenen Stimmung über kurz oder lang zu einem greifbaren Ausbruch allgemeinen Unwillens führen wird. Es muß auf die Dauer doch immer mehr Leute geben, welchen die Komik dieser Verhältnisse ein bißchen die Galle in Bewegung setzt. Die Hartleibigkeit des landläufigen Temperaments ist ja stark, aber die Vorgänge dürften noch stärker werden. Vielleicht rafft sich die Volksseele wenn zu nichts anderem, so doch eines Morgens zu einer allgemein gehaltenen Frage auf, nämlich zu dieser: Wer regiert uns, zum Donnerwetter? Diese Frage, nicht nur in Zeitungen, sondern in Volksversammlungen kräftig gestellt, in Wahlen ebenso kräftig beantwortet, müßte immerhin eine Wirkung erzielen. Auch der öffentliche Anschlag von Verfassungsparagraphen dürfte sich empfehlen. An allen Litfaßsäulen von Berlin müßten sie in dicker Schrift zu lesen sein, an allen Schulgebäuden des flachen Landes müßten die so zahlreichen Risse damit verklebt werden, auf den Pferdebahnbillets könnten sie statt der Geschäftsreklamen abgedruckt werden, und die Schauspieler dürften vor Beginn des Stücks an die Rampe treten und sie ins Publikum rufen – damit sie jedermann wieder ins Gedächtnis kommen. Man vergißt so rasch, was schwarz auf weiß festgesetzt ist.

2. September 1900

Weihnachten

Draußen strömten Hunderttausende. In den Pferdebahnen waren die Plätze so rar wie die anständigen Leute in der Welt. Man fuhr die Leipziger Straße entlang; Ecke Friedrichstraße: stop! Es war ringsum schwarz. Sie wimmelten und krauchten an diesem Riesenkreuzungspunkt nach vier Seiten hin, die Menschlein, die einander erfreuen und dabei sich selbst wohl auch ein bißchen amüsieren wollten; die einheimischen und die fremden, die männlichen und die weiblichen, die honetten und die andern. Die Omnibusse zwängten sich mühsam durch; die so allgemein beliebten Diener der Hermandad (»Hermandad« muß ein Feuilletonist immer sagen) erteilten freundliche Anweisungen, brüllend und mit rollenden Augen, manchmal schon recht amüsabel heiser, und daneben überwachte noch eine nicht genau kontrollierbare Anzahl von Detektivs die fröhlichen Teilnehmer an den Vorfreuden des fröhlichen Christfestes. Geben ist seliger denn Nehmen; aber auch Nehmen ist selig, und es wird während der Vorfreuden des fröhlichen Christfestes gern geübt ... Ein furchtbarster Wirrwarr herrscht an den Türen der verschiedenen holländischen Schnapsstuben in der Friedrichstraße. Diese noblen und teuren Destillen, von Erven Lucas Bols, und wie sie heißen, sind außen belagert und innen bis an die Wände vollgepfropft von stehenden, gestikulierenden Personen, die sich an die Bar drängen wollen, mit Ellbogenpüffen und Rufen wie bei einer Auktion, und von denen jeder nur den einen Wunsch in seiner Seele fühlt: eine holländische Mischung hinter die kräftige deutsche Brust gleiten zu lassen. Nicht bloß mit Weihnachten können diesmal so kleine Alkohol-Ausschweifungen entschuldigt werden, sondern weit spezieller mit der herrschenden Witterung. Und solche Anlässe darf man sich nicht entgehen lassen.

25. Dezember 1895

Auf den Straßen liegt ein Mischmasch. Es ist der Sohn des Wassers und der Erde, wie ihn Goethe nennt [...]. Wenn das so fortgeht, fehlt dem heiligen Weihnachtsfeste am Ende gar das Traute. Es muß, wenn ihm das Traute nicht fehlen soll, Schnee fallen. [...] In der Friedrichstraße wandern ungeachtet dessen die Provinzialen, Kleinstädter und Gutsbesitzer, die unter dem Vorwand von Weihnachtseinkäufen einem gemeinen Lebenswandel zu frönen fest entschlossen sind. Ein allgemeiner Aufschwung der heikelsten Industrien auf dieser Feststraße ist im Dezember alljährlich festzustellen. Viele deutsche Männer, die dort spazieren, sind beweibt. Die Ausrede, eine Überraschung für die kleine Frau besorgen zu müssen, ist der Strohhalm, an den sie sich klammern. Namenlos interessante Frauengestalten, über deren individuelle Züge und Vorzüge das starre, amtliche Register keine Auskunft gibt, schweben an ihnen vorüber, den milden Blick fragend und sinnend vor sich hin gerichtet. Und es ergreift ein längst entwöhntes Sehnen das Herz des notleidenden Landwirts. Und seine kräftig entwickelten Füße wandeln neben den etwas kürzeren Gummischuhen der Begleiterin gar rüstig durch den unweihnachtlichen Mischmasch der Feststraße.

12. Dezember 1897

Die Friedrichstraße mit der Kaiserpassage: Einkaufs- und Erlebnisstraße – Foto: E. Linde & Co., 1901 *Bildarchiv Preußischer Kulturbesitz*

... und gleich danach

Sie verlangen eine Beschreibung, wie es in Berlin zwischen Weihnachten und Neujahr diesmal ausgesehen hat. Wie soll es denn ausgesehen haben? Wie immer! Es war sehr langweilig, die Diners kriegt man mit zunehmender Vernunft auch satt; selbst wenn sich dabei Riesenchristbäume vermöge einer maschinellen Vorrichtung mit Musik um die eigene Achse drehen und jeder Dinergast eine Reihe von Geschenken und raffinierten Leckerbissen nach Hause schleppen muß. Gegenwärtig aber ist das Straßenbild durch Maskenkostüme und Kartenhändler »belebt«. Die Maskenkostüme hängen in Schaufenstern von vorübergehend gemieteten Läden, deren frühere Inhaber sie um derjenigen sozialen Erscheinung willen plötzlich räumen mußten, welche der schnöde Volksmund mit einem assyrischen Fremdwort als Pleite bezeichnet. Auch in ersten und zweiten Stockwerken werden bunt bemalte Leinwandgestelle an den Fenstern angebracht und von innen beleuchtet. Sie deuten an, daß hier Maskenkostüme leihweise zu haben sind. Kurz, die Zeichen verkünden das Nahen der wundersamen, fröhlichen, seligen Berliner Faschingzeit, in der sich in der Philharmonie und sonstwo herzerhebend alles tummelt, was einigermaßen unter polizeilicher Kontrolle steht. Gleichzeitig sieht man vorläufig allerhand Tische auf den Straßen stehen. Neujahrskarten liegen darauf feil. Karten mit unnennbar schalkischen Inschriften. Obgleich das Auge des Gesetzes scharf hinterher ist, findet das deutsche Gemüt noch Raum, kräftige Mengen von kleinen und großen Zweideutigkeiten durchzuschmuggeln. Auch dieses Jahr wieder. Denn Spaß muß sein. Dienstmädchen mit den weißen Raupenhäubchen auf dem Kopf, Ladenjünglinge, auch frühreife Berliner Babies stehn um diese Tische in der Potsdamer Straße und suchen, noch bei Lampenbeleuchtung, nach etwas Unpassendem, das etwas Passendes wäre. Sie beugen sich im Schein der Petroleumlampe tief über die Tischplatte und suchen, suchen, suchen. Bilder mit Radfahrerinnen sind in diesem Jahre besonders beliebt. Man sieht solche Sportsweiberchen viel in den Straßen, und die Besonderheit des Kostüms wie der Haltung geben dem harmlosen Sinn der einheimischen Bevölkerung Anlaß zu lieblichen Späßen, die wohl von Mund zu Mund in der westlichen Gesellschaft kolportiert werden – dort hab' ich sie gehört –, die aber gedruckt bisher kein Lied, kein Heldenbuch meldet.

1. Januar 1897

Silvesterbetrachtungen

Am ersten Januar 1797, vor hundert Jahren, schreibt Goethe von Leipzig aus an seinen Freund Friedrich Schiller. Der Ausruf: »Prosit Neujahr!« findet sich in diesem Briefe nicht. Es wird diesmal überhaupt nicht gratuliert. [...]

Der Brief zeigt, wie die Verhältnisse sich geändert haben. Am Neujahr eine Reise von Leipzig nach Dessau zu machen ist heut auch bei Tauwetter nicht sehr bedenklich. Die Neujahrswünsche werden mit der fortschreitenden Technik in ungeheuer vergrößerter Zahl versandt und mit ungeheuer verringerter Intensität empfunden. An die Stelle des »Salve zum neuen Jahr!«, wie es das achtzehnte Jahrhundert im brieflichen Verkehr liebte – wenige Getreue wünschten es einander, zuweilen, in intimen Episteln –, ist ein geregeltes geschäftsmäßiges Massengratulieren getreten, das gar nichts sagt. Und am ersten Januar, oder am zweiten, erscheinen die anderen geschäftsmäßigen Brieflein, die statt des »Salve zum neuen Jahr!« den ähnlich klingenden, aber kategorischen Imperativ enthalten: »Solve zum neuen Jahr!« Ja, nach jeder Richtung hat sich die Technik entwickelt, unscheinbarste Nester zählen heut mehr Einwohner, als die Stadt Leipzig damals hatte, die Dichter leben dauernd unter einer Millionenbevölkerung, ohne durch »so eine große Menschenmasse« im Dichten behindert zu werden, und bloß das, was gedichtet und getrachtet wird, scheint heute nicht eigentlich bedeutender zu sein, als es vor hundert Jahren war. Die Nähe des Sylvesterabends ist immer ein sehr geeigneter Zeitpunkt, solche Betrachtungen anzustellen. Damals dichtete der bereits genannte Goethe mit seinem Freund Friedrich Schiller gerade die Xenien, welche die Schundschreiber in Deutschlands Gauen viel schwerer trafen und ärgerten, als wir heutigen Kritiker – bei allem besten Willen hierzu – es vermögen. Seitdem Holz und Schlaf nicht mehr zusammenarbeiten, sind wir ja leider außerstande, das gemeinsame Wirken der beiden großen Männer mit etwas zu vergleichen. Damals schrieb Jean Paul grade seinen rührsamen und komischen Quintus Fixlein; er, ein Humorist vor Otto Erich Hartleben. Damals war nicht Herr Grube Theaterdirektor in Berlin, sondern Herr Iffland. Der damalige Sudermann, welcher August von Kotzebue hieß, war rascher, witziger und vielseitiger als sein heutiger Nachfahre; denn er exzellierte nicht bloß im bürgerlichen Rührstück, sondern zugleich in Posse, Lustspiel, Ritterdrama und Historie. Damals schickte sich Schlegel grade an, den Shakespeare zu übersetzen; ein

Unternehmen, welches noch wichtiger ward als Ludwig Fuldas hübsche Molière-Übertragung. Ich denke, wir brechen ab. Wozu soll man sich die Neujahrsstimmung verderben. Überdies hat der einzige deutsche achtzehnhundertsechsundneunziger Dichter, der uns gegen die Kollegen von siebzehnhundertsechsundneunzig ein bißchen herausreißt, nämlich Gerhart Hauptmann, einmal mit großem Recht geschrieben: man solle nicht die Denkmäler der großen Toten plündern, um mit den Steinen die Lebenden totzuschlagen. Wir Gegenwärtigen haben wahrhaftig vollen Grund, unsre Zeit mit ihrer gewaltigen Keimkraft nicht gering anzuschlagen. Auch kann kein Einsichtiger erkennen, daß unsere Literatur, wenn sie schon gegen die vom Ausgang des verflossenen Jahrhunderts zurücksteht, dennoch gegen die ganze letzte Vergangenheit einen glänzenden Aufschwung, ja eine Blüte zeigt. Wir wissen schließlich auch unsere Hartlebens zu schätzen; aber wir piesacken sie mit Jean Paul und Heine und anderen, die Größere sind, auf daß sie sich verbessern und in ihren nächsten Werken die letzten und besten Tropfen aus sich herauspressen. Sonst tun sie es am Ende nicht. Auch das sind Sylvesterbetrachtungen.

1. Januar 1897

Verlaß Berlin mit seinem dicken Sande

... wenn du kannst

Nach Venedig – hinterm Zoo

Zu Ostern führten sie alle zum ersten Mal ihre neuen Kleider spazieren, die hellen »Fähnchen«, wie Paul Heyse so gern sagt. Scharenweise strömte alles zum Bock, welcher in Berlin doch das größte Frühlingsvergnügen darstellt. Die kräftiger organisierten Naturen der deutschen Reichshauptstadt bevorzugen dieses Lokal unverkennbar. Vater, Mutter und die Kinderschar zogen hinaus, Bräute und Bräutigams und unsolidere »Verhältnisse«; sie tranken Bier und freuten sich des Lebens in der herkömmlichen, sinnig-zarten Art, die dort gedeiht. Vor handgreiflichen Liebenswürdigkeiten in Gestalt von kunstvoll geschleuderten Eiern und Früchten ist man jetzt sicher. Denn das Auge des Gesetzes wacht. Ältere Berliner, die ebenfalls zu den kraftvoll organisierten Naturen gehören, behaupten darum wehmütig, der Bock sei gar nicht mehr der Bock. Aber es scheint noch frei und fromm und bieder zugegangen zu sein, und der große unbekannte Lokaldichter, der von den Litfaßsäulen zu seinem Volke spricht, hat den Hergang ergreifend besungen. »In drangvoll fürchterlicher Enge – war ich auf dem Berliner Bock; es gab Humor, es gab auch Senge, und ganz zerrissen ward mein Rock. Zwei Dandy's haben mich gestichelt, weil meine Laura schräge ging; sie hatte vierzehn Glas gepichelt, – und was verträgt so 'n junges Ding!« ... Aber viele gingen auch weiter nach Westen zum Stadtbahnhof Zoologischer Garten, wo »Italien in Berlin« von neuem eröffnet worden ist. [...] So träumte man wieder den alten Traum, den Traum von Venedig. Nämlich diejenigen träumten ihn, die niemals in Venedig waren. Die anderen – –!

Es ist noch immer derselbe sinnige Canale grande von fünfzig Zentimeter Tiefe, auf dessen Oberfläche Berliner Stullenpapiere und Zigarrenstummel schwimmen. Es sind noch immer die auf Pappe und Leinwand gemalten Palazzi-Fassaden, die viel schöner und bunter und leuchtender sind als die echten Palazzi in Venedig. Auch sind die Gondeln viel schöner als die venezianischen. Und erst die Gondolieri: sie haben helle prächtige Anzüge und bunte Schärpen und Mützen – wie frisch angestrichen sehn sie aus. Auch die sauberen hölzernen Brücken erfreuen sich dieses Vorzugs. Und über allem liegt der weißgraue märkische Himmel mit seinem unangenehm grellen Licht, und dicke, schwere sonntägliche Spießbürger mit geröteten Weißbiergesichtern und aufgedonnerten schweren Gattinnen stapfen über die Brücken und durch den reichlichen Sand, und holde Stimmen rufen: »Aujust, sieh dir vor!«

23. April 1895

Verlaß Berlin

Was ist der Mensch in Berlin, wenn der Monat Mai zu Ende geht? Ein geplagter Wurm, der Sand atmet und sich vor schlechter Luft und Hitze krümmt. Es langweilt die Leser, von solchen Dingen zu hören, ich weiß, ich weiß. Aber ich muß sie sagen; warum sollte ich diese Unlust allein in mich hineinfressen. In der Bellevuestraße, am Großen Stern, auf den öffentlichen Plätzen ist schon alles graugrün, nichts mehr grün; alles trocken, nichts mehr frisch; den Namen der Geliebten braucht man nicht in alle Rinden einzuschneiden, man kann ihn mit geringerer Kraftanstrengung auf die Blätter malen, die mit Staub dick bedeckt sind, mit märkischem Staub, der immer war und immer wiederkehrt. »Staub soll er fressen« – es scheint, daß Faust in Berlin ansässig gewesen ist, der stets verneinende Geist hätte hier wenigstens darin leichtes Spiel mit ihm gehabt. Ja, wir alle fressen Staub jetzt, Tag für Tag, er dringt in alle Poren, und wer noch gezwungen ist, aus irgendeinem Grunde einige Zeit hier zu weilen, in dem mahnt und summt es täglich stärker und stärker, wie einst ein deutscher Dichter eine schöne Frau mahnte: Verlaß Berlin mit seinem dicken Sande und dünnen Tee und überwitz'gen Leuten, die Gott und Welt und was sie selbst bedeuten, begriffen längst mit Hegelschem Verstande … Verlaß Berlin … Verlaß Berlin …

2. Juni 1895

Stadtbahnbau in Berlin – Bahnhof Börse (heute Hackescher Markt) – Foto: F. Albert Schwartz, um 1880
Landesarchiv Berlin

Flucht an die Ostsee

Im übrigen fühlt man sich jetzt in Berlin am wohlsten, wenn man auf dem Stettiner Bahnhof ist, um es zu verlassen. Auch was hier dauernd festgehalten wird, kann es sich nicht versagen, eine gelegentliche Landpartie an die Ostsee zu machen, die sehr bequem erreicht wird. Doch, wehe – in Heringsdorf trifft er dieselben Gestalten, die er hier fliehen wollte. Der Auswurf des Potsdamer Viertels ist dort versammelt. Das macht Toiletten und schwatzt und schreit und benimmt sich auffallend und verunreinigt mit Protzentum die anständige Seeluft. Den gesundesten Ekel, der unter leidlich normalen Verhältnissen möglich ist, kann man sich dort holen. Und man verläßt den grotesken Ort mit Beschleunigung. Und dann erholt man sich in Berlin von den Strapazen der Sommerfrische.

8. August 1897

Man kann nicht fort von Berlin

Oft wünscht man sich weg aus dieser Stadt. Zwanzigmal im Jahr faßt man den Plan, nach Italien durchzubrennen. Nach Florenz würden mich keine zehn Pferde ziehen – ich bekenn es offen, Leser. Ich habe dieses Nest im Magen, weil ich's im Sommer besucht. Dagegen würd' ich gern mit dir, verrückter Musikante und zänkischer Freund, noch einmal nachts in einem Maultierkarren hinauf gen Fiesole fahren, aus der mondbeschienenen Flußebene nach dieser Bergstadt, die vor Zeiten Faesulae hieß. Auch mit dir noch einmal vom Appennin nach Vallombrosa hinübersehen, wenn wir uns verpflichten, beide das Maul zu halten während des Aufstiegs. Wenn es aber ganz toll über mich kommt, dann schrei' ich nach Rom – worunter »eigentlich« Frascati zu verstehen ist, und er steigt auf, der Felsenort, schwebend über etwas rötlich und violett und grün Wogendem, auf das man hinuntersieht, ein festländisches Abendsonnenmeer, mit überirdischen Schatten und sterbenden Strahlen, und man gießt den Wein des Wirts Aemiliano Capillone hinunter (wundersamen goldfunkelnden, wenn man von Otto Erich Hartleben eine Empfehlung ausrichtet), und dahinten liegt die große Blutstadt, Rom, an der letzten Grenze der Dämmerung, und hier oben führen die Frascataner Mädchen, zu zehnen und zwölfen an den Händen gefaßt, ihre Augen spazieren. Freiheit! Freiheit! Freiheit!

Aber man kann nicht fort von Berlin. Man träumt das Glück, das man einmal erlebt hat, wieder. Und *wenn* man fortkönnte, das Glück würde nicht lange dauern. Du selbst, Musikante, warst in Faesulae so wurschtig gegen die hesperische Natur. Du schienst immer zu sagen: Ja, ja, sehr hübsch, aber ich habe kein Geld […] – wahrhaft lieblich, aber kein Mensch singt meine Kompositionen. Auch bei unsereinem würde das Glück sechs Wochen dauern. Dann würde man seine Geliebte verlassen und eine neue suchen; Frascati vermaledeien und nach Berlin jagen; die Natur von sich stoßen und Theaterstücke ersehnen; den Tiber hassen und die Panke lieben. Kinder, und ihr sagt, das Perpetuum mobile sei nicht erfunden! Bisweilen auch wird man von blödsinniger Sehnsucht erfaßt nach der Stadt Paris mit dem Märtyrergebirg' oder Montmartre, denn sie ist die gebenedeiteste der menschlichen Siedelungen und geliebt unter den Stationen dieser irdischen Fahrt.

24. Dezember 1899

Nur hier ist alles

Aber einmal im Jahr will mit keinem anderen Ort tauschen, wer so glücklich ist, in Berlin zu leben. Das ist zu Weihnachten. Nicht mit Hamburg, nicht mit Breslau, nicht mit Pisa, nicht mit Cottbus. Nicht mit Honfleur sur mer, Département Calvados, nicht mit Ajaccio, nicht mit Alt-Treptow a. d. Tollense, Kreis Demmin, Regierungsbezirk Stettin. Sondern bloß zwischen der Potsdamer Brücke, dem Brandenburger Tor, dem Polizeipräsidium am Alexanderplatz, der Kaiser-Wilhelm-Gedächtniskirche, der Friedrichstraße, der Siegesallee (seit dem Marmorfrevel: neue Invalidenstraße) fühlt man sich wohl. Hier ist alles beisammen, was dazugehört. Nämlich einerseits großstädtischer Luxus, andererseits die festliche Weihnachtsstimmung eines riesigen arbeitenden Volks. Die frohe Innigkeit des Christabends geht nicht verloren, und der Charakter dieses Weltpunkts hält die Krähwinkligkeit fern. Weihnachten ist hier ein holder Familienvorgang, zugleich ein gesellschaftliches Ereignis. Eine private Freude, zugleich eine Massendemonstration für die Glückseligkeit aller Menschen. Auch feiert sich das deutscheste aller Feste am komfortabelsten in der deutschen Hauptstadt.

Kurz, gar nichts wäre auszusetzen – wenn es auch Bauerbissen gäbe und Mohnklöße. Es gibt sie nicht. Als kleiner Junge hat man sie verachtet; oder wußte nicht, wie man sie schätzte. Jetzt kriecht so heimlich-kätzchenhaft-vertraulich die Erinnerung daran empor, wie die Erinnerung an den Kindelmarkt. O, wie liegst du weit! Bauerbissen, sicher der erdgerüchigste aller Pfefferkuchen, den man in Schlesien für einen Sechser pfundweise fröhlich aß, er läßt sich nicht aus der Erde stampfen. Verschollen sind die Tage, wo uns die Kinnbacken schmerzten, vom vielen Kauen des frischen, weichen Zeugs. Bauerbissen, du bist ein Mythus, du lächelst herüber aus der Geisterwelt, grüßend und dich neigend und einsam verschwindend. Bauerbissen, du bist die Vergänglichkeit. Bauerbissen, du bist die Ahnung des ersten grauen Haars. Bauerbissen, nie werde ich dich wieder so fressen (es muß heraus, das schändliche Wort) wie einst im Dezember. Bauerbissen, was hier unter deinem Namen verschleißt wird, ist altes Leder. Die Zähne bricht man sich aus; und es schmeckt nach Wichse. Und auch ihr, meine lieben Mohnklöße, seid eine Melancholie, ein Märchen aus alten Zeiten. Ihr seid versunkene Kränze. Semmel in Wasser mit schwarzem Mohn und Vanille, darin liegt eure Größe. Hier nennt man euch – uäh, uäh! – Mohnpielen. Das ist die gemengte Speise aus süßlichem Rosenwasser, mit kleinen, glitschigen Würfelchen und weißem fadem Mohn und etwas Zucker, und schmeckt nach nichts. Uäh, uäh! Steigt einmal noch empor, Mohnklöße meiner Jugend; meiner bittersüßen und vergehenden Jugend. [...] der Kindelmarkt liegt fern. Die Nichten wachsen heran. Unvermählt ist man ja Gott sei Dank noch, und neulich hat man einen Puppenwagen besorgt. »Ist es für Ihre Kleine?« fragte das Ekel. Töchter mit halbmeterhohen Puppenwagen traut man uns schon zu. Mohnklöße meiner Jugend, lebt wohl. Zieht hinab den leuchtenden Strom der Vergänglichkeit, in die Dämmerung, in die seltsam dunkle Ferne, wo die große Stille herrscht. Schade, daß man bloß einmal lebt. Schade, daß man bloß einmal jung ist.

24. Dezember 1899

Ein Jahrhundert geht zu Ende

Das neue fängt im Nebel an

Heilande werden gesucht

Das Jahrhundert geht zu Ende. Mit jeder anbrechenden Nacht rückt der Punkt näher, wo wir die große Einkehr halten. Der Wahnsinn und die Glorie unserer Zeit steigen herauf, beide hart nebeneinander; die Größe und die Bestialität; der Fortschritt und der Servilismus; der machtvolle Gedanke der Freiheit, der Zauber technischen Könnens, die listige Lüftung stiller Elementargeheimnisse, die Verfeinerung und Erhöhung der Menschlichkeit, die Verbreitung der ethischen Idee – auf der anderen Seite die stärkste Machtanbetung aller Zeiten, zum mindesten die bewußteste aller Zeiten, die erste Philosophie der Machtanbetung, die Herrschaft des Säbels, und noch über dem Säbel die Vergottung des Geldes. Himmel und Erde werden erfüllt vom Triumphlied des mobilen Besitzes, und aus der Tiefe steigt das Gebrüll der Unbeteiligten, der Ausgeschlossenen. Der alte Freiheitsglaube hat Keulenschläge zu erdulden: man sieht eine Republik, auf die man Hoffnungen gesetzt, Menschheitshoffnungen, vor der Zeit in Fäulnis übergehen; man sieht die anderen, die neuen freien Menschen jenseits des Wassers gemeine Raubzüge kriegerisch und blutig veranstalten. In dieser größten aller Zeiten atmet man tiefer und bewegter, und doch scheint der Hals zugeschnürt beim Atmen. Der tollste Kampf ist im Gange. Man weiß nicht ein, man weiß nicht aus. Heilande werden gesucht. Man weiß nicht mal, ob gutgenährte Kaffern als die höhere Menschengattung zu betrachten sind oder bleichsüchtige Denker. Man weiß nicht, welcher Typ der willkommnere sein soll: gesunde, vertrauensvolle Esel, die im dunklen Drange sich des rechten Weges bewußt sind, oder nervöse, zartbeleibte Kampfnaturen, die von der Flamme des eige-

Der Lieblingsblick des jungen Kerr über drei Brücken: Berlins Mitte mit dem Neuen Dom, gegenüber die Börse in der Burgstraße, im Vordergrund die Friedrichsbrücke – Foto, um 1910
Deutsches Historisches Museum

nen Herzens verzehrt werden und am frühen Ende ihrer Tage dennoch von einer unvollkommenen Welt Abschied nehmen. Alles blüht, und alles rast. Man weiß nicht aus, man weiß nicht ein – Heilande werden gesucht.

Das Berliner Theater in der Charlottenstraße hat diesen Umständen Rechnung getragen und mehrere Schauspiele bestellt, welche an des Säkulums Wende werden gespielt werden. Die Blätter haben Näheres mitgeteilt. Es heißt: »Für das Jahrhundert-Festspiel, das im Berliner Theater zur Aufführung kommt, ist Ernst Wichert mit einer dramatischen Arbeit beschäftigt.« Ferner heißt es: »Mehrere der kleinen Jahrhundert-Dramen sind bereits fertiggestellt. Josef Lauffs Dichtung betitelt sich ›Vorwärts‹ und hat Blücher zum Helden.« Wichert und Lauff sind in voller Tätigkeit; na also. Das wird den schwierigen Wendepunkt doch gesänftigter ertragen lassen. Der Zeit, der betagten Wöchnerin, die mit einem kleinen Jahrhundert niederkommt, wird es die Wehen versüßen. Still und hold tönt in ihren tollen Schmerz der Gesang des pensionierten Kammergerichtsrats Wichert. Und auch du, Lauff-Josef, ein Poet unter den Poeten, wie der Ar- und Halmlose unter den Agrariern (so nannt' ich dich schon einmal, wenn mir recht ist), du stehst gut auf dem Posten, ein auserwählter Sohn der bewegten Epoche, ein letzter feinster Kenner ihrer Dränge, ein gebenedeiter Mensch, ein Seher und ein Schicksalsliebling. Und wenn du dein Festspiel skandierst für den großen, ergreifenden, tiefen Gedenktag und Blücher'n bejambest; dann tritt der Titel deines Spiels »Vorwärts« wohl in bewußten, leuchtenden Gegensatz zum ungesunden Namen des Berliner sozialistischen Parteiorgans, und du zerschmetterst implicite alle vaterlandslosen Gesellen mit den Füßen deiner Verse. Und vielleicht klingt das Spiel aus in die zeitgemäßen Worte: »Sozial ist Unsinn« – welche bereits jambisch gefügt sind und nicht mehr gedichtet zu werden brauchen. Vorwärts! »Wo liegt Paris? Paris liegt hier. Den Finger drauf, das nehmen wir.« Vorwärts!

15. Oktober 1899

Den Kometen überlebt

In Berlin herrscht allgemeine herzliche Freude, daß die Welt nicht untergegangen ist. Wär' es mir nicht vergönnt, dieses Feuilleton zu schreiben, weil ich keine Leser mehr hätte, und keine Hände, und weil ich verhältnismäßig weit von meinem Schreibtisch fortgeschleudert würde, so daß ich etwa in der Gegend des Sirius kreuzte oder doch wenigstens oberhalb Potsdams – ich wäre peinlich berührt.

Gerade jetzt, wo sich jeder, sei er der Anspruchsloseste und habe er abgeschlossen mit dem Dasein, auf den neuen Postzeitungstarif freut, der eingeführt wird, und sich herzlich wünscht, wenigstens ihn noch mitzuerleben: gerade jetzt wäre das Aufhören der organischen Kribbelwesen, die Milben im Schimmel, wie Schopenhauer die Menschen nennt, und ihrer Steh- und Gehgrundlagen recht unangenehm. Süßes Leben! schöne freundliche Gewohnheit des Daseins und Wirkens! spricht Egmont. Ja, süßes Leben usw.! Es würde im Ernst schade gewesen sein, unsere Erde, die gequetschte Kugel, zu verlassen, auf der doch jeder neue Morgen einen seligen Tag verheißt – solange man jung ist, solange man geliebt wird (selber lieben bringt Schmerzen) und solange man Schriftsteller ist. »Warum ist ein Mensch«, fragt Jean Paul, »zuweilen so glücklich? Darum: weil er zuweilen ein Litteratus ist.« Solange man jung ist, Leser! Allenthalben sieht das Auge Emporblühendes, aufsprießende Keime, selige Entwickelung – wie lange ist es her, daß Schöneberg eine Stadtverwaltung bekam –, und noch die Schmerzen und Kämpfe, die wir durchmachen, düngen den Boden von Evolutionen; freilich unter der Voraussetzung, daß das Leben auf der Erde fortdauert. Wo nicht – war dann alles zwecklos? Ach, meine Lieben, die Welt mag zugrunde gehen, wenn die höchste Stufe der Entwickelung erreicht ist. Aber erst dann. Blicken Sie, mit mir, auf den Freiherrn von Stumm, um zu erkennen, ein wie unendlich weiter Weg bis zur Vervollkommnung der Menschheit noch vor uns liegt. Gelingt es, diesen Riesenweg zurückzulegen – dann mag die Totenglocke schallen, dann ist die Welt des Dienstes frei, die Uhr mag stehen, der Zeiger fallen, es sei die Zeit für uns vorbei.

Würde ein Klingelzeichen gegeben, zur Benachrichtigung des Publikums, woran sich ein Moratorium schlösse, so wäre der Weltuntergang sehr erträglich. Man würde eine winzige Spanne recht verständnisinnig durchleben. Wem brauch' ich zu sagen, daß der Weltuntergang durch die Aufhebung der so oft beklagten Standesunterschiede eine geradezu luftreinigende Wirkung ausüben würde. Niemandem brauch' ich es zu sagen. In diesem Moratorium vor dem Moriturium könnte auch der einzelne rasch ein paar letzte Herzensbedürfnisse erfüllen, zu dieser oder jener fahren und folgendermaßen zu ihr sprechen: Leb' wohl; ich will dir noch einmal die Hand küssen, ich hab' es lange nicht getan; und da die belebten Wesen in kurzem auseinanderfliegen, so nimm' die Gewißheit mit, daß ich dich damals sehr, sehr lieb hatte; wenn ich dir etwas abzubitten habe, so verzeih', ich werde es ... niemals wieder tun; und Schuld hatten wir damals in Irrungen und Wirrungen alle beide; weißt du noch?

Irrungen, sie kommen nicht vergebens.
Treiben sie uns auch ins Schmerzensjoch, –
Auf der Hühnerleiter dieses Lebens
Bleiben sie vielleicht das Schönste noch.

Dann würde man sie zum letzten Male leis' am Ohr ziehen, wie früher, ihre Hand drücken und sprechen: Glückliche Reise.

19. November 1899

Ein Fest zum Schlemmen

Dies ist das Land Schlaraffia. Weihnachten fällt auf Sonntag. So viel Glück gibt es gar nicht. Das ist, als ginge man dreimal des Tags in die Komödie – welche Redensart meine verstorbene Großmama recht gern brauchte. Wenn sich Genüsse häuften, nannte sie das »dreimal am Tag' in die Komödie gehn«. Gott hab' sie selig. Sie war eine feine zarte Frau, trug weiße Löckchen und sang zur Gitarre.

So wird ein ungeheures Schlemmen am Ende des Jahrhunderts losgehen. Es sind die letzten Weihnachten vor dem zwanzigsten Säkulum – trotz aller besseren Weisheit der Mathematiker und Logiker. Auch die Regierung hat das verfügt; zunächst, weil es gegen die Logik ist; dann, weil es dem Volksgefühl geläufiger scheint, daß mit neunzehnhundert auch ein neues Jahrhundert anbricht. Wir sagen ja auch: die Sonne geht auf, und wissen doch, daß nur diese tänzerische Erdkugel um sie herumwackelt – während die Sonne feststeht in Ewigkeit, halleluja. Das Fräulein, welchem diese Briefe diktiert werden, beginnt das Schlemmen schon jetzo, als am Freitag, zwei Tage vor dem Fest, indem sie neben sich auffahren ließ ein Tablettchen mit fußhoch beschlagsahntem Kaffee nebst bezuckertem goldgelbem Kuchen, von welchem sie, während ich nach Atem rang beim Diktieren, soeben ein

Stück verschluckt hat. Auch riecht es nach Christbaum in diesem Zimmer. Er steht auf dem Blüthner-Flügel, vorläufig noch ungeputzt. Morgen aber wird er leuchten und funkeln; vor Schweinskeulen aus Marzipan, vor silbernen Kügelein, vor süßen Würfeln, vor Schokoladenkringeln, vor Zuckerpüppchen, vor Lamettafäden, und es werden mehrere Knechte Ruprecht, mit Schneewatte, zwischen den Ästen und Nadeln hervorlugen. Ei, ei, das wird herrlich sein.

Der Chronist geht aber gar viermal des Tags in die Komödie, da er zum Überfluß in der Christnacht zur Welt kam, wenig nach zwölf Uhr. So fragt es sich, ob er vor Wonne den Ausgang des Jahrhunderts überleben wird. Wahrlich, Leser, diese Seligkeit kann das Herz, diese Süßigkeit der Bauch nicht fassen. Schon jetzt überschleicht mich Rührung, wenn ich an das Doppelfest denke; ich habe bereits Natron eingekauft. Die Abonnentinnen schicken mir Briefe über Briefe, das ganze Jahr hindurch (deshalb seh' ich immer so munter, selig und stolz aus, ja gewissermaßen glückswahnsinnig, übermütig, ausgelassen und sozusagen frohbewegt, auch grenzenlos zufrieden, freudevoll, jubeldurchzittert und, wenn ich so sagen darf, hüpfend) – wieviel Briefe werd' ich diesmal erhalten zu meinem Jubiläum, Wiegentag und Geburtsfest, dem letzten im Jahrhundert; ein tiefes Mitleid erfaßt mich mit dem Briefboten.

Und doch – eine kleine Nachdenklichkeit zieht herauf. Die Zeit vergeht, die Zeit vergeht. Weit in der Ferne liegt der »Kindelmarkt« in der schlesischen Stadt, wo man groß wurde. Lebte man dort, man würde ihn wahrscheinlich vermaledeien; doch weil man woanders lebt, kommt die kleine Sehnsucht. Questa è la vita; such is life; c'est la vie; so ist das Leben.

24. Dezember 1899

Bilanz am letzten Tag

Das Seltsamste an diesem Jahrhundert ist, daß es mit Napoleon dem Ersten beginnt und mit Wilhelm dem Zweiten schließt. Sie scheinen zwei ganz verschiedene Naturen. Aber Wilhelm der Zweite ist am Ausgange des Jahrhunderts gewissermaßen der Herrscher von Europa, wie Napoleon der Herrscher von Europa gewissermaßen am Anfang des Jahrhunderts war. Voraussichtlich dauert das Regiment Wilhelms des Zweiten länger als das Napoleons. Es besteht bereits zwölf Jahre. Auch sind die Verhältnisse bei uns gefestigter; namentlich kraft einer mit ziemlichen Kosten von den Bürgern dieses Landes erhaltenen Armee, welche zum Schutze sowohl gegen den äußeren als auch gewissermaßen sozusagen nötigenfalls gegen den inneren Feind dient. Endlich hat Napoleon usurpiert, während Wilhelm der Zweite rechtmäßig und friedlich erbte. Es ließen sich noch allerhand Differenzpunkte zwischen den beiden Herrschern anführen. Jedoch soll man es dem Geschichtsschreiber überlassen. Hat doch Wilhelm der Zweite seine Laufbahn noch nicht beendet und ist anscheinend sehr entwickelungsfähig.

In Berlin wird die Frage viel erörtert, ob es richtig ist, den Anbruch eines neuen Jahrhunderts überhaupt zu feiern. Ich möchte nach Theodor Fontanes Art zur Antwort geben: »Ja und nein.« Nämlich: erstens ist es angenehm und freudevoll, eine neue zweite Ziffer in der Datierung zu begießen; besonders wenn es mit Sekt geschieht. Zweitens aber ist ein arithmetisches Jahrhundert bekanntlich kein notwendiger Abschnitt. In unserer Geschichtsentwickelung ist der Abschnitt mit dem Jahre siebzig da. Zugleich, da wir die Vormacht sind, ist er auch in der Weltentwickelung da. Andererseits fällt der frühere Abschnitt nicht auf das Jahr 1800. Sondern vorher, auf den Ausbruch der französischen Revolution. Nicht wahr? Eine liebliche Beobachtung beiläufig, daß etwa hundert Jahre nach der Zeit der großen Aufklärung, der Verstandesrichtung, des Rationalismus, in Rom Se. Heiligkeit der Papst die Unfehlbarkeit verkündete und daß es »ging«. Raum für alles hat die Erde. Neben dem »Vorwärts« besteht immer noch die »Kreuzzeitung«. Früher allerdings bestand der »Vorwärts« gar nicht. Neben dem wissenschaftlichen Darwinismus, der an allen Staatsuniversitäten offiziell gelehrt wird, besteht der Zwang für Prediger, an das Apostolikum zu glauben. Und die vorgeschrittensten Wissenschaftler, wie z. B. Herr Professor Bergmann (von dem ich's aus eigner Erfahrung weiß), gehen in die Kirche, um ihre Kinderchen alldaselbst einsegnen zu lassen. Diejenigen, welche wissenschaftlichen Glauben und staatliche Lebensführung in Einklang bringen, sind heute dünn gesät. Etwas mehr Freiheit herrscht zweifellos in gewissen Dingen als vor hundert Jahren. Aber in gewissen Dingen ist man vor hundert Jahren freier gewesen, und was man sich versprach, hat die Entwickelung nicht immer gehalten.

In Frankreich sind die Menschenrechte erklärt worden, damals; heut ist dort im wesentlichen Geldherrschaft. Kirche und Soldateska suchen eine zweite Macht zu bilden – welche den Errungenschaften von damals ebenso entgegengesetzt ist. Amerika ist ein freies herrliches Land mit Demokratie und Republik und sonstwas; es herrscht aber auch dorten zufällig – und noch viel toller – das gemeine Geld. Außerdem machen die Brüder einen dreisten Raubzug gegen Spanien, welches Land heftigen Rheumatismus in den Beinen hat – Blut fließt knüppeldick, Schiffe werden in die Luft gesprengt, Leutnants werden Nationalheilige, und der Freiheitsstaat geniert sich nicht. Auch das liebe England, der Sitz hoher Kultur und Frömmigkeit und besonnener Gesinnung und wohltätigster Institute, macht einen frechen Raubzug auf den Goldbesitz eines kleinen Stamms, schießt mit bestialisch hergerichteten Kugeln, welche nicht nur töten, sondern des Spaßes halber auch zerreißen – und die vorgeschrittene, kultivierte Welt sieht mit schelmischer Neugier zu und unterhält sich darüber.

So liegen die Dinge jetzt. Daneben wächst gewaltiger die Strömung von unten, welche sogar die Dummen mit den Klugen gleichstellen will aus grenzenloser Ethik, den Kampf schlichten will in allgemein gerechter Verteilung des Besitzes, die Ferschten beseitigen und neue Werte schaffen in der sittlichen Welt, so daß Friede und Freude kein Ende mehr hat. Für viele ist das die stärkste, die einzige Hoffnung gewesen. Da aber steht ein Mann auf, im eigenen Lager, und erschüttert den Glauben an diese Religion. Er sagt: unser Glaube, meine Lieben, ist nicht die einzige Möglichkeit, nicht das Heil, außer dem kein Heil ist (und auf diesen Monopolglauben hin folgen doch die Massen; die römische Kirche ist so gescheit!), sondern, meine Lieben, auch den andern Strömungen lassen wir ihr Recht in gewissem Sinne, indem wir nicht allzuweit von ihnen uns entfernen; nein, wir sind nicht das alleinige Heil! So spricht er. Ehe dann wenige Jahre vergehen, wird auch dort eine Kluft klaffen; in diesem zerspaltensten aller Zeitläufte wird eine Spaltung mehr sein.

Man weiß nicht ein, und man weiß ebensowenig aus. Die christliche Weltanschauung, die seit zweitausend Jahren auch von den fortgeschrittensten Geistern doch im ethischen Teil akzeptiert wurde, erfährt in einem jenseits von Gut und Böse arbeitenden System die schwerste und brutalste Anbohrung. Die Verbrecherinstinkte rücken zur Philosophie auf. Nebenbei eine kleine Perspektive auf die Verchinesung Europas und Amerikas. Wir teilen auf, und sie kommen über uns. Sie könnten am Ende wandern, wandern,

wandern. Sie könnten in friedlicher Konkurrenz ihre Menschenmillionen zuerst sickernd, dann wie eine Sturzflut über uns wälzen! Sie sind die Mehrzahl! Sie brauchen nichts zum Leben. Wie die germanischen Barbaren über Rom kamen, so könnten sie durch ihre Massenhaftigkeit, von innen aus, dieses Reich, diese Welt, diese westliche Gesittung erobern, unterjochen, ersäufen!

Und wenn sie *nicht* kommen? Uralte Kulturländer Europas sind an der Stirn gezeichnet. Spanien ist ausgebrannt, Italien kommt nicht mehr ernsthaft in Betracht, und Frankreich, im tödlichen Niedergang, könnte das Schicksal Polens haben, an einem bösen Tag. Adieu, charmant pays de France! Amerika, Rußland, England und vielleicht Deutschland werden die Welt beherrschen, hat der Professor Schmoller gesagt. Deutschland nur dann, hat er gesagt, wenn es die Flotte macht. Unsere Zukunft liegt im Dunkeln, wüste Worte hört man munkeln. Das hat er nicht gesagt. Dazu kommt, daß man von einem Weltteil zum andern Nachrichten blitzen kann; daß man von einem Land zum andern eigenstimmig plaudern kann; daß man Geldschränke von außen durchleuchten kann und in menschliche Leiber hineinsehen; daß man in sechs Tagen von Europa nach Amerika jagt; daß man Leute in Schlummer versenkt und ihnen Aufträge gibt, die sie vollführen; daß man Eisenbahnzüge in allen Stadien der Bewegung fixiert und die Bewegung in Bildern wiedererstehen läßt; dazu kommt, daß man an der Seine einen wahnwitzigen Turm erbaut, ein tolles Wunder, höher als der Turm zu Babel und alle Bauwerke der Welt. Kurzum: die Zeit ist aus den Fugen. Als das Raubtier Rom die Welt ausgesogen hatte, als eine Welt erstand und eine Welt zusammenbrach, da war kaum die Ratlosigkeit toller als heut. Was will das werden? fragen sich alle, blicken einander von der Seite an und sagen: wir wissen es nicht.

Selbst ICH weiß es nicht. [...] Soll man kämpfen? Gewiß! Wenn man es nicht tut, wird angenommen, daß man ein schlechter Sohn seiner Zeit ist und kein voller Mensch. Aber wenn man es tut, erlebt man den Erfolg nicht. Der Enkel im siebenundzwanzigsten Glied, der ihn erlebt, steht mir eigentlich persönlich fern. Und selbst der erlebt ihn nicht – möchte man sagen. Für wen arbeiten wir? [...] Vielleicht arbeiten wir für die Chinesen? Es ist möglich, aber nicht sicher. Unter solchen Umständen liest man mit ganz merkwürdigen Vergänglichkeitsgefühlen ein römisches Sprichwort: Bene vixit qui bene latuit; der hat gut gelebt, wer verborgen gelebt hat. Voraussetzung ist, daß im verborgenen Dasein ein verborgenes Glück vorhanden ist. Ist es nicht das Wahre? Aus der Zeit der Christenverfolgungen sah ich allerhand Grabsteine und Sargtafeln einst, in den römischen Katakomben. In die Wände hat man diese aufgefundenen Trümmer eingelassen, und wir Heutigen lesen dort, wie Eltern ihren Sohn geliebt, oder eine Schwester den Bruder, auch ein Mann seine Gattin – vor zweimal tausend Jahren; und wie die Liebe im wilden Gebraus der Welt, da Ströme von Blut über die Erde jagten und Feuer den Himmel erleuchtete – wie die Liebe der Pol war für die kleinen Bündel der Menschen und für den einzelnen. Das ist der Ausweg. Übrigens: Als Rom Ägypten erobert hatte, und das Land Hellas ebenfalls, und einiges andere auch noch, war da irgendein Unbekannter, namens Cajus, glücklicher als vorher? Und ist der einzelne Franzose viel unglücklicher geworden, seit wir Elsaß-Lothringen haben? Ich überlasse die Antwort schüchtern dem Briefkasten. Das aber können wir mit gutem Gewissen sagen: das abgelaufene Jahrhundert ist das deutsche Jahrhundert gewesen. Deutschland ist geeinigt worden (und darum sind wir auch alle so glücklich). Deutschland hat in diesem Jahrhundert den größten Staatsmann hervorgebracht, den größten musikalischen Künstler, den größten sozialen Umwälzer und den einschneidendsten Künder der neuen Unethik – um bloß von der zweiten, ausschlaggebenden Hälfte zu reden. Die stärksten fortschrittlichen und die stärksten rückschrittlichen Gewalten sind aus Deutschland gekommen. Und mit dem Phänomen Goethe am Eingang trägt Deutschland den Sieg auch in der Dichtung davon. Das Jahrhundert war das deutsche Jahrhundert.

Die Zeit ist aus den Fugen. Die Entwickelungen, die sich anbahnen, brauchen viele Säkula, um Ergebnisse zu zeitigen. Wir werden sie nicht sehen. Wir fühlen bloß den Kampf. Ungeheuer große Zeiträume, ungeheuer kleine Fortschritte – dieses Gesetz hat schon David Friedrich Strauß festgestellt. Wenn aber das Bewußtsein, in einem der grandiosesten und konfusesten Augenblicke gelebt zu haben, Seligkeit ist – dann können wir alle selig werden.

Adieu, Leser. Es schadet nichts, wenn wir einer dem anderen für den neuen Zeitabschnitt recht viel privates Glück wünschen. Also – …

31. Dezember 1899

Seite 164/165:
Nationalgalerie und Neues Museum mit den melancholisch vornehmen Säulengängen und der Friedrichsbrücke *Landesarchiv Berlin*

1900 fängt gut an

Am ersten Tag des zwanzigsten Jahrhunderts lag in der deutschen Hauptstadt ein dermaßen dichter Nebel um die zahllosen Kirchen herum, auf der Erde und über der Spree, daß man nicht zehn Schritt weit sehen konnte. Alle feineren Köpfe, soweit sie sich ausgeruht hatten, erwogen, ob in diesem Nebel nicht eine Vorbedeutung zu suchen sei. Nach Lage der Dinge konnten die meisten nicht umhin, einen zustimmenden Gestus zu machen, durch Nicken. Alles war feucht und regenschwer. Habys steifende Flüssigkeit hielt nicht stand, da sich die Nässe der Luft mit ihr vermischte; viele junge Krieger liefen mit gesenktem und triefendem Barte verstört herum. Dies irae, dies illa! dachten an diesem munteren Neujahrstag die Kenner der lateinischen Sprache. Die anderen, welche nur Volksschulen besucht hatten und zum Teil auch noch weiblichen Geschlechts waren, meinten in deutscher Zunge: Das Jahrhundert fängt jut an! ... In der vorhergehenden Nacht hatte ein toller Jubel geherrscht, indem die Berliner, wohl das originellste aller Großstadtvölker, diesmal die Zylinderhüte einschlugen, wo es anging. Infolge dieser Überraschung bemächtigte sich aller Bürger eine begreifliche Ausgelassenheit, und sie eilten ins Bett. Andere amüsierten sich freundlicher, zu ihnen zählt der glückliche Chronist. Seltsam muß es in der Philharmonie zugegangen sein. Ein guter Bekannter war auf eine halbe Stunde dort und erzählte davon. Die Schalkhaftigkeit wurde in der Philharmonie dadurch hergestellt, daß das elektrische Licht in Zwischenräumen abgedreht wurde. Die Festgenossen und -genossinnen blieben dann kurze Zeit im Dunkeln. Sie spielten Versteck und andere Gesellschaftsspiele.

7. Januar 1900

Die Zeit geht ihren Gang

Seit meinem letzten Brief ist es Frühling geworden. Zum mindesten war vor neun Tagen Frühlings-Anfang, als am einundzwanzigsten März. König David glaubte vor drei Jahrtausenden an Gott und sang zur Harfe: Du lässest Brunnen quellen in den Gründen, daß die Wasser zwischen den Bergen hinfließen; daß alle Tiere auf dem Felde trinken, und das Wild seinen Durst lösche; an denselben sitzen die Vögel des Himmels und singen unter den Zweigen. Der König David ist tot, seine Knochen sind zerfallen, sein Stein ist zerfallen. Aber der Frühling kehrt wieder, und bald wird seine Gloria holdselig grüßen und leuchten. Die Erde wird auch diesmal Gräser tragen, und es werden Frühlingsblumen wachsen. Die Zeit geht ihren Gang. Die Wasser zwischen den Bergen fließen dahin; an denselben sitzen die Vögel des Himmels und singen unter den Zweigen.

1. April 1900

Das Leben ist wundersam und zaubervoll und hinreißend und in Schönheit strahlend und selig und magisch und gaukelnd und unergründlich. Namentlich um Pfingsten. Es duftet die Blume Jelängerjelieber, und in Italien wächst die Zypresse, und in Potsdam lehnt ein Mädchen über eine Balustrade, mit wehendem Haar. Sie ist das Glück. Das Glück zweier Monate. Du wirst verwehen und vergehen wie diese schweren, lauen Regentropfen, die in das Wasser vor uns fallen. Ich selber muß verwehen und vergehen. Und lange vor uns wird diese Liebe verweht sein und vergangen sein. Aber sie ist doch einmal dann in der Welt gewesen – zwei Monat' lang, wenn die Büsche duften, die Junierde dampft und die Sterne singen.

10. Juni 1900

Textgrundlage
Alfred Kerr, Wo liegt Berlin? Briefe aus der Reichshauptstadt 1895–1900. Herausgegeben von Günther Rühle. 5. Auflage, Aufbau-Verlag, Berlin 1998

Textzusammenstellung Günther Rühle
Bildauswahl Magdalena Frank

Mit 37 Abbildungen

ISBN 3-351-02864-4

1. Auflage 1999

Einbandgestaltung Henkel/Lemme
unter Verwendung des Fotos »Berlin, Alexanderplatz 1900«, AKG Berlin
Typographie Peter Birmele
Druck und Binden Druck- und Verlagshaus Erfurt seit 1848 · GmbH
Printed in Germany